KB170650

알베르 카뮈 Albert Camus

티파사의 바다와 슈누아 산

봄에 티파사엔 신들이 머문다. 태양과 압생트 풀 향기 속에서, 은빛 갑옷을 두른 바다 속에서, 본연의 색으로 푸르른 하늘 속에서, 꽃들로 빼곡한 폐허와 돌무더기에 세차게 부서져 내리는 햇살 속에서 신들은 말을 건넨다. 어느 순간엔 들판이 태양빛으로 새까매진다. 두 눈은 무언가를 포착하려 애써보지만 들어오는 거라곤, 속눈썹 끝에서 일렁거리는 빛과 색의 무수한 점들뿐이다. 타는 듯한 열기 속에서 맹렬하게 끼쳐오는 식물들의 아로마 향에 기침이 나고, 숨이 막힌다. 풍경 저 멀리, 마을을 에워싼 언덕들 속에 뿌리내린 시커멓고 거대한 슈누아 산의 그림자가 언뜻 보이는가 싶더니, 이내 확고하고 둔중한 움직임으로 몸을 일으켜 바다로 가서 웅숭그린다.

알제의 해질녘 풍경.

감성적인 이 고장 사람이라면 갖추고 있는 관능의 풍요가 실은 극도의 궁핍과 일치한다는 사실은 놀라운 것이 아니다. 씁쓸함이 수반되지 않는 진실이란 없다. 그러니 내가 이곳에서 가장 가난한 이들과 함께 있을 때 이 고장의 얼굴을 더없이 사랑하게 된다고 한들 무엇이 놀랍겠는가?

알제 카스바 거리의 모습.

알제리 제 2의 도시 오랑

제밀라 유적

정신 그 자체의 부정이라는 진리의 탄생을 위해, 정신이 사멸하는 곳들이 있다.

티파사의 고대 유적

티파사의 바다

에세이 『결혼』에 등장하는 알제리의 도시들.

티파사, 제밀라, 알제, 오랑

à Evelyne et à René Sintès, 21 janvier 1956
leur frère en Algérie
Sintès. Camus

카뮈의 필체

OUEST France

SARTHE-SUD
MARDI 5 JANVIER 1960

BRETAGNE — NORMANDIE — MAINE — ANJOU — POITOU

ABONNEMENTS LE NUMÉRO : 0,25 NF

Le grand écrivain, Prix Nobel de littérature
ALBERT CAMUS TUÉ DANS UN ACCIDENT de voiture

Épouvante dans une école marseillaise

La lourde grue d'un chantier voisin s'écrase sur le préau sous lequel jouaient les enfants

QUATRE MORTS
Deux blessés graves
(Lire page 4)

En page 3
LE COURRIER DU CONCOURS

카뮈의 사망기사가 실린 신문 (1960년 1월 5일자)

사고 하루 전, 그는 열차를 타고 파리로 돌아갈 예정이었으나, 사고 당일 아침 출판인 미셸 갈리마르가 자동차를 몰고 찾아 와 열차 대신 그 차를 타는 바람에 사고를 당했다.

루르마랭에 있는 카뮈의 무덤

"나만 해도 돌들 사이에서 소리치지 않았느냐고? 그래서 내가 잊으려고 애쓰는 거야. 우리의 강철과 불의 도시 속을 걷는가 하면 어두운 밤에게 용감하게 웃어 보이고 폭풍우를 소리쳐 불러보거든. 난 충실할 거야. 사실 난 잊었어. 이젠 적극적이 될 거고, 아무 소리도 듣지 않을 거야. 하지만 어쩌면 어느 날 우리가 탈진과 무지로 죽게 되었을 때, 우리의 떠들썩한 묘지를 버리고 골짜기로 가서 똑같은 빛 아래 누워 마지막으로 한 번쯤은 내가 알고 있는 걸 배울지도 몰라."

결혼 · 여름

Noces suivi de L'Été

결혼·여름

목차

여름

책 머리에

알베르 카뮈는 1913년 알제리에서 태어났다. 그는 알제리의 가난한 동네 중 하나였던 벨쿠르에서 어린 시절을 보냈다. 어린 카뮈에게 도서관은 현실의 가난을 잠시 잊게 해 주었던 해방구였다. 암송과 글짓기에 탁월했던 이 어린 소년을 눈여겨본 선생님이 계셨으니, 바로 카뮈가 첫 번째 은인으로 생각했던 '루이 제르맹' 선생님이다. 초등학교 졸업 직전, 선생님은 갑작스럽게 카뮈의 집을 방문한다. 그 방문 전까지 선생님은 카뮈가 그토록 가난하다는 사실을 몰랐다. 학교에서의 소년 카뮈는 워낙 명랑하고 밝은 아이로 그늘이라곤 보이지 않았기 때문이다. 선생님이 애제자의 집을 방문한 이유는 카뮈의 외할머니와 어머니를 만나 중학교 진학에 관한 논의를 하기 위해서였다. 할머니는 아이들에게 손찌검이 일상이었던 거친 여성이었다. 문맹에 귀가 들리지 않아 거의 말이 없었던 카뮈의 어머니가 "아이들 머리는 제발 때리지 말아 달라."고 간청할 정도였다.

"애는 나가서 돈을 벌어야 해요. 우리 형편에 상급학교 진학이라니!"외할머니는 당연히 펄쩍 뛰었다. 선생님은 할머니의 반대에도 굴하지 않고 할머니를 설득하기 시작했다.

"장학생 시험에 합격하면 학비가 들지 않습니다. 그리고 유공자 자녀에게는 혜택이 있기도 하고요."

할머니는 카뮈가 장학생 시험에 합격한다면 생각해 보겠다고 했다. 소년은 시험에 응시했고, 제르맹 선생님은 합격 통지서가 나온 날 제자를 불렀다.

"축하해, 이 녀석, 합격이다, 합격이다!"

먼 훗날 카뮈가 노벨 문학상을 받았을 때 제일 먼저 떠올린 건 어머니와 제르맹 선생님이었다. 카뮈는 수상 직후 선생에게 편지를 쓴다.

"선생님께서 가난한 아이에게 따뜻한 손길을 내밀지 않으셨다면, 선생님이 본보기를 보여주지 않으셨다면, 이 모든 일은 일어나지 않았겠지요. 이런 영광을 과장하려는 것이 아닙니다. 하지만 선생님이 제게 어떤 분이었는지, 지금도 여전히 어떤 분인지를 말씀 드릴 기회인 것 같습니다. 나이를 먹었지만, 선생님께 늘 감사함을 느끼고 있다고, 선생님께서 베푸신 너그러운 마음을 지금도 여전히 생생하게 기억하고 있다고 말씀드리고 싶었습니다."그리고 그는 노벨상 수상 기념 연설문을 모은 책을 선생에게 헌정한다.

선생은 이후 카뮈에게 보낸 편지에서 이렇게 말한다.

"자네는 학교에 다니고 있다는 기쁨을 모든 면에서 표출하곤 했어. 자네 얼굴에는 낙천주의가 배어 있었지. 자네를 보면서 나는 자네 가정의 현실을 전혀 알아차리지 못했었네."

가난했지만 낙천주의를 타고난 이 소년은 불과 스물셋의 나이에 '내가 왜 삶의 기쁨을 부인하겠는가? 행복한 것은 부끄러운 것이 아니다. 나는 즐기는 것을 두려워하는 자를 바보라 부른다'라는 문장을 쓰는 청년으로 성장했다. 하지만 그런 문장을 쓰게 되기 전까지는 가난뿐만 아니라 또 다른 인생의 시련들이 있었다. 열일곱 살에는 평생 그를 괴롭힌 폐결핵 때문에 학교에 갈 수 없었고, 스물한 살에 감행한 사랑하는 사람과의 이른 결혼은 몇 년 후 파국으로 끝이 났다. 설상가상으로 폐결핵 병력으로 인해 교수 응시 자격조차 박탈당한다. 카뮈의 유년기부터 20대 초중반까지의 시간은 그야말로 좌절과 불확실함의 연속이었다. 그럼에도 불구하고 그는 명징한 정신으로 다음과 같이 쓴다. 죽음을 인식하기에 삶을 더욱 갈구한다고. 꾸밈없이 이 삶을 사랑한다고.

> 잠시 후 압생트 풀밭에 몸을 던져 그 향이 몸에 배게 할 때, 나는 모든 편견에 맞서 진리를 실현하고 있음을 깨닫게 되리라. 그 진리는 태양의 진리이고, 또한 내 죽음의 진리일 것이다. 어떤 의미로는 내가 지금 내거는 건 다름 아닌 내 삶이다. 뜨거운 돌의 맛이 나는 삶, 바다의 숨결과 지금 울기 시작하는 매미들로 가득한 삶. 미풍은 상쾌하고 하늘은 푸르다. 나는 꾸밈없이 이 삶을 사랑하며, 이 삶에 대해 자유로이 이야기하고 싶다.
>
> 『결혼 · 여름』중 <티파사에서의 결혼> p.23

이번에 녹색광선에서 출간하는 『결혼·여름』은 1936년에서 1937년 사이에 쓴 에세이들을 모은 『결혼』과, 1939년에서 1953년 사이에 쓴 에세이들을 모은 『여름』을 한데 묶은 책이다.

『결혼』은 1942년 『이방인』으로 프랑스 최고의 주목받는 작가가 되기 전, 아직 무명작가이던 청년 카뮈의 사유가 그대로 담겨 있는 에세이집이다. 이 시기의 카뮈는 여행과 휴식을 겸해 여러 도시를 떠돌았다. 세계를 직접 피부로 느끼며 쓴 글들이기에, 그 감동은 더욱 진하다. 카뮈는 자신의 육체가 감각하는 이 세계를 향한 찬가를 바침과 동시에, 우리의 삶 속에는 늘 죽음이란 진실이 도사리고 있다는 사실을 분명하게 인식한다. 청소년기에 죽을 만큼 큰 병을 앓았었고, 세계대전 시기를 지나오며 성장한 카뮈에게 살아있음이란 결코 당연한 사실이 아니었다. 하지만, 이 덧없고 유한한 삶을 마주한 청년의 정신은 그 누구보다 또렷하다. 그는 『결혼』을 통해, 이 부조리한 삶에 대한 냉소 대신 자연의 위대함을 긍정하며, 삶에 대한 내밀한 사랑을 고백한다.

20대 중반부터 갓 마흔에 이르는 시간 동안 쓴 에세이를 모은 『여름』에서 카뮈는 다양한 소재를 다룬다. 알제와 오랑과 티파사에 관한 신랄하고 아름답고 애정어린 글들, 역사와 예술과 인간 존재에 관한 사색들, 뉴욕과 남아메리카 여행을 하던 배 위에서의 몽환적인 묘사들. 『결혼』을 쓸 당시보다는 시간이 조금 흐르긴 했지만, 『여름』에서 느껴지는 카뮈의 사유는 단단하고 견고하며, 문체는 마치 흐르는 시처럼 아름답다.

인간은 누구나 나이를 먹고 종국에는 죽음에 이르지만, 인간이 남긴 몇몇 글은 불멸을 획득한다. 그리고 어떤 글은, 시간이 흘러도 전혀 나이를 먹지 않는다. 카뮈의 이 에세이들은 영원한 젊음을 획득했다. 그는 불의의 사고로 세상을 떠났지만, 『결혼·여름』이 지닌 청춘의 생명력은 읽는 이로 하여금 젊음을 마주한 느낌, 다시 젊음을 되찾는 기분을 선사할 것이다.

삶은 언젠가 스러져 버릴 무엇이지만, 그의 글은 이렇게나 삶의 본질을 보여주며 유한한 삶을 초월해 우리 앞에 있다. 독자 여러분들께서도 이 책을 읽고 나면 누군가와 함께 삶에 대한 사랑을 뜨겁게 이야기 나누고 싶어질 것이다.

2023년 7월

녹색광선 편집부

결혼

편집자의 말(1950년 『결혼』, 1959년 『결혼, 여름』 합본 출간 당시 추가됨.)

오늘날 개정판을 내는 이 초기 에세이들은 1936년과 1937년 사이에 쓰인 뒤, 1938년에 알제에서 한정판으로 출간된 것들이다. 이 개정판은 작가가 에세이라는 단어의 정확하고 제한적인 의미, 즉 습작으로 간주하는 것에도 불구하고 아무 수정 없이 출간되었다.

사형집행인이 비단 밧줄로 카라파 추기경의 목을 조르는데
줄이 끊어졌다.
그 바람에 두 차례 더 시도해야 했다.
추기경은 어떤 말도 보탤 필요를 느끼지 않은 채
사형집행인을 바라보았다.

스탕달 『팔리아노 공작부인』

티파사에서의 결혼

봄에 티파사엔 신들이 머문다. 태양과 압생트 풀 향기 속에서, 은빛 갑옷을 두른 바다 속에서, 본연의 색으로 푸르른 하늘 속에서, 꽃들로 빼곡한 폐허와 돌무더기에 세차게 부서져 내리는 햇살 속에서 신들은 말을 건넨다. 어느 순간엔 들판이 태양 빛으로 새까매진다. 두 눈은 무언가를 포착하려 애써보지만 들어오는 거라곤, 속눈썹 끝에서 일렁거리는 빛과 색의 무수한 점들뿐이다. 타는 듯한 열기 속에서 맹렬하게 끼쳐오는 식물들의 아로마 향에 기침이 나고, 숨이 막힌다. 풍경 저 멀리, 마을을 에워싼 언덕들 속에 뿌리내린 시커멓고 거대한 슈누아 산의 그림자가 언뜻 보이는가 싶더니, 이내 확고하고 둔중한 움직임으로 몸을 일으켜 바다로 가서 웅숭그린다.

우리는 바다에 면해 있는 마을에 도착한다. 알제리의 여름 대지가 아릿하고 향기로운 숨결로 우리를 맞이하는 노랗고 푸른 세계로 들어선다. 도처에서 분홍빛 부겐빌레아가 빌라들의 담 위로 솟아있다. 정원엔 아직 빛깔이 여리여리한 붉은 히비스커스가 우거졌고, 꽃잎

이 크림처럼 조밀한 홍차향 장미와 이파리 가장자리가 섬세한 기다랗고 푸른 아이리스도 넘쳐난다. 열기로 달아오른 곳곳의 돌들이 뜨겁다. 우리가 미나리아재비꽃 색 버스에서 내리니, 정육업자들이 빨간색 차로 마을을 돌며 나팔을 불어 아침 호객을 한다.

항구 왼쪽엔 바짝 마른 돌계단이 유향나무와 금작화들 사이의 폐허로 나 있다. 길을 따라 작은 등대 앞을 지나면 이윽고 들판이 펼쳐진다. 이미 등대 밑에서부터 시작된 보라색과 노란색과 빨간색의 꽃들이 어우러진 키 크고 무성한 식물들이, 바다가 요란한 입맞춤 소리로 핥고 가는 첫 바위들 쪽까지 뻗어 내려간다. 우리는 부드러운 바람에 몸을 내맡긴 채 한 쪽 뺨만을 데우는 태양 아래 서서 하늘에서 쏟아져 내리는 빛과, 한 겹의 주름도 없이 반짝이는 하얀 이를 드러내며 미소 짓는 바다를 바라본다. 폐허의 왕국에 입성하기 전 마지막으로 관객이 되어본다.

몇 걸음 나아가니 강렬한 압생트 풀 향에 숨이 막힌다. 폐허를 뒤덮은 압생트의 잿빛 솜털이 끝도 없이 펼쳐진다. 압생트의 진액이 열기 속에서 발효하고, 하늘도 맥을 못 출 은은한 알코올이 땅에서 태양까지 온 천지로 피어오른다. 우리는 사랑과 욕망을 찾아 걸어 나간다. 교훈이라거나, 이른바 위대함이 요구되는 쓰라린 철학을 구하고자 하는 것이 아니다. 태양, 입맞춤, 야생의 향, 이 이외의 모든 것들이 헛되게 여겨진다. 나는 이곳에서 굳이 혼자가 되려 하지 않는다. 나는 사랑하는 이들과 이곳을 곧잘 찾았고, 그들의 얼굴에서 사랑의 표정인 환한 미소를 읽었다. 이곳에서 나는 질서나 규칙 따위는 다른 이들에게 양보한다. 나를 온통 사로잡는 건, 자연과 바다의 거칠 것 없는 방종이다. 폐허와 봄의 혼례 속에서, 폐허는 다시 돌이 되고 인간의 손길로 인한 반드러움을 버린 채 자연으로 되돌아간다. 이 헤픈 자식들의 귀환을 위해 자연도 헤프게, 아낌없이 꽃을 피운다. 광장의 포석들 틈으로 헬리오트로프꽃이 하얗고 동그란 머리를 삐죽 내밀고, 빨간색 제라늄들은 예전에 집이었고 사원이었고 광장이었던 곳들에 붉은 피를 흩뿌린다. 숱한 지식을 쌓은 끝에 결국 신에게로 되돌아간 사람들처럼, 숱한 세월을 거친 폐허는 결국 그들의 어머니의 집으로 되돌아온다. 오늘, 마침내 과거가 폐허를 떠났고, 이제 폐허는 주어진 만물의 중심으로 자신을 이끄는 이 심원한 힘 외에 그 어떤 것에도 흔들리지 않는다.

압생트 풀들을 으스러뜨리며, 폐허를 어루만지며, 호흡을 세계의 요동치는 숨결에 맞추려 애쓰며, 몇 시간을 걸었던가! 야생의 향기와 졸고 있는 벌레들의 합창 속에서, 나는 열기로 숨 막힐 듯한 저 하늘의 참을 수 없는 장엄함에 두 눈과 가슴을 활짝 연다. 자기 자신이 되기, 자신의 진가를 되찾기란 쉬운 일이 아니다. 하지만 슈누아 산의 단단한 등줄기를 바라보노라면 기이한 확신으로 마음이 차분해진다. 나는 호흡법을 익히고, 정신을 집중하고, 몸과 마음을 다졌다. 언덕들을 차례로 기어올랐고 그때마다 보상이 따랐다. 이를테면 햇살이 옮겨 다니는 기둥들로 태양의 운행이 가늠되는 저 사원, 그곳에선 마을 전체가, 마을의 하얀색과 분홍색 벽들이며 초록색 베란다들이 조망된다. 또한 동쪽 언덕의 대성당도 있다. 거의 외벽만 남은 성당 주위로, 발굴된 고대 석관들이 커다란 반지름을 그리며 줄지어 있는데 대부분은 여전히 땅속에 묻힌 채로 윗부분만 드러나 있을 뿐이다. 예전엔 시체들이 누워있었지만, 지금은 샐비어와 향꽃무들이 자라났다. 생트 살자 대성당은 기독교 사원이지만, 숭숭 뚫린 벽 틈으로 안을 들여다볼 때마다 우리에게 전해지는 건 세계의 멜로디뿐이다. 소나무며 실편백나무들이 서 있는 언덕, 혹은 20미터 남짓 거리에서 철썩거리는, 날뛰는 흰 개들 같은 하얀 포말의 바다 말이다. 생트 살자 성당을 떠받치고 있는 언덕은 봉우리가 평평해서 성당의 주랑들 사이로 바람이 넉넉히 분다. 아침 햇살 아래, 커다란 행복이 공간 속을 유영한다.

정작 딱한 이들은 신화를 필요로 하는 이들이다. 이곳에서 신들은 침대 역할을 하거나, 하루의 흐름을 알리는 지표로 쓰일 뿐이다. "이건 빨갛고, 저건 푸르고, 또 저건 초록색이구나. 이건 바다, 산, 꽃들이구나." 나는 본 대로 묘사하고, 말한다. 내가 유향나무 열매를 코에 대고 터뜨리기를 좋아한다고 말하기 위해, 굳이 디오니소스까지 동원할 필요가 있을까? "이 땅에 살아서 이 모든 것을 본 이들은 행복하여라." 나중에 내가 자유롭게 떠올릴 이 오래된 찬가 또한 데메테르에게 빚진 것일까? 본다는 것, 이 땅에서 본다는 것, 이 교훈을 어찌 잊겠는가? 엘레우시스의 신비(神祕) 의식[1]에서도, 그저 관찰하는 것으로 충분했다. 이곳에서조차 나는 절대로 세계에 충분히 다가가지 못하리라는 것을 안다. 그러니 벌거벗고 바다에 뛰어들어야 한다. 아직 내 몸에 흠씬 배어있는 대지의 진액 향을 바닷물에 씻어, 땅과 바다가 그토록 오랫동안 입술과 입술을 맞대고 열망해 온 포옹

1 고대 그리스의 도시 엘레우시스에서, 대지의 여신 데메테르와 그의 딸 페르세포네를 주신(主神)으로 행했던 비밀 종교의식

을 내 살갗에서 이루어야 한다.

물속에 들어가면 우선 오싹한 한기와 함께 밑에서 솟구치며 온몸에 들러붙는 차갑고 먹먹한 기운에 사로잡힌다. 이어서 자맥질. 귀가 윙윙거리고, 콧물이 흐르고, 입이 쓰고, - 수영, 물에 젖어 번들거리는 두 팔, 바닷물 밖으로 나와 태양에 그을리는가 하면 전신 근육의 뒤틀림 속에서 접히고 펼쳐지는 두 팔, 몸을 타고 미끄러져 내리는 물, 두 다리를 와락 점령하는 물결 - 눈앞이 아득해 온다. 해안에 이르면, 모래 위로 풀썩 무너져 내린다. 그렇게 세상에 내맡겨져 살과 뼈의 중력을 되찾고 태양빛에 멍해진 채, 이따금 두 팔에 눈길을 준다. 아직 물이 흘러내리는 사이사이로 물기가 걷힌 피부 표면에 금빛 솜털과 소금기가 보인다.

나는 이곳에서 영광이 무엇인지 깨닫는다. 그것은 무제한으로 사랑할 권리다. 이 세상에 사랑은 오직 하나뿐이다. 여인의 몸을 부둥켜안는 것, 그 또한 하늘에서 바다로 내려가는 그 기이한 기쁨을 자신의 몸에 새기는 행위다. 잠시 후 압생트 풀밭에 몸을 던져 그 향이 몸에 배게 할 때, 나는 모든 편견에 맞서 진리를 실현하고 있음을 깨닫게 되리라. 그 진리는 태양의 진리이고, 또한 내 죽음의 진리일 것이다. 어떤 의미로는 내가 지금 내거는 건 다름 아닌 내 삶이다. 뜨거운 돌의 맛이 나는 삶, 바다의 숨결과 지금 울기 시작하는 매미들로 가득한 삶. 미풍은 상쾌하고 하늘은 푸르다. 나는 꾸밈없이 이 삶을 사랑하며, 이 삶에 대해 자유로이 이야기하고 싶다. 이 삶은 나의 인간 조건에 대해 자부심이 들게 한다. 하지만 흔히 들어왔던 말이 있다. "자랑할 게 뭐가 있어." 아니, 자랑할 것이 있다. 이 태양, 이 바다,

청춘으로 끓어오르는 내 심장, 소금 맛이 나는 내 몸, 노란색과 파란색 속에서 부드러움과 영광이 교차하는 이 광활한 배경. 이것들을 정복하기 위해, 내 힘과 능력을 다해야 한다. 이곳의 모든 것이 나를 본연의 나 자신으로 내버려 둔다. 나는 나의 어떤 부분도 포기하지 않고, 어떤 가면도 쓰지 않는다. 세상의 온갖 처세술 못지않은 생활의 기술을 다만 끈기있게 익히기만 하면 되는 것이다.

정오가 조금 못 된 시각, 우리는 폐허를 거쳐 항구 근처의 작은 카페로 돌아오곤 했다. 태양과 색채의 심벌즈가 머릿속에 울려 퍼질 때, 그늘이 짙게 깔린 홀과 초록색 아이스 민트티 큰 컵으로 한 잔이란 얼마나 상쾌한 환영법인지! 밖은 바다, 그리고 먼지 자욱한 뜨거운 길이다. 나는 테이블에 앉아 깜빡거리는 속눈썹 사이로, 백열의 하늘이 내뿜는 오색영롱함을 포착하려 해본다. 얼굴은 땀에 젖었지만 얇은 옷 덕분에 서늘해진 몸으로, 우리는 세계와의 결혼식 날의 행복한 나른함을 펼쳐놓는다.

이 카페의 음식은 탐탁지 않지만, 과일은 - 특히 과즙이 턱까지 흐르도록 이로 베물어 먹는 복숭아가 - 풍성하다. 나는 복숭아를 입 한가득 베문 채로 내 피가 귀까지 끓어오르는 소리를 들으며 두 눈을 크게 뜬다. 바다엔 정오의 절대 정적이 흐른다. 모든 아름다운 존재는 자신의 아름다움에 대한 자연스런 자부심을 지니고, 오늘 이 세계는 모든 면에서 자신의 자부심이 새어 나오도록 내버려 두고 있다. 그 앞에서 내가 왜 삶의 기쁨을 부인하겠는가? 삶의 기쁨에만 매몰된 것이 아닐진대 말이다. 행복한 것은 부끄러운 것이 아니다. 하지만 오늘날은 바보가 왕이고, 나는 즐기는 것을 두려워하는 자를 바보라 부른다. 자만심에 대해선 귀에 못이 박히도록 들었다. 사람들은 외쳐댔다. 아세요, 그건 사탄의 죄악이에요. 조심하세요, 방황하고, 활력을 잃게 될 테니까. 이후로 과연 나는 배웠다. 어떤 종류의 자만은…… 하지만 한편으로는 온 세상이 합심하여 내게 제공하려는 삶의 자부심을 요구하지 않을 도리가 없다. 티파사에서 '나는 본다'는 '나는 믿는다'와 동격이다. 나는 내 손이 만지는 것과 내 입술이 쓰다듬는 것을 굳이 부인하지 않는다. 그것으로 예술 작품을 만들 필요를 느끼지 않는다. 다만 무엇이 다른지 이야기해 보고 싶을 뿐이다. 내게 티파사는 어떤 세계관을 간접적으로 암시하고자 할 때 창조하는 작중인물들처럼 보인다. 티파사도 그 인물들처럼 증언한다. 그것도 과감하게. 티파사는 오늘 나의 인물이다. 이 인물을 어루만지고 묘사하노라면 나의 도취감은 끝도 없을 듯하다. 살아가는 시간과 살아가는 것을 증언하는 시간이 있다. 또한 덜 자연스러우나 창조하는 시간도 있다. 나는 온 몸으로 살아가고, 온 마음으로 증언하는 것으로 충분하다. 티파사에 살고, 증언하기. 예술 작품은 그 뒤에 올 것이다. 거기에 바로 자유가 있다.

나는 티파사에 결코 한나절 이상 머무른 적이 없었다. 무언가를 충분히 보았다 싶으려면 오랜 시간이 필요한 것과 마찬가지로, 풍경을 너무 보았다 싶은 순간도 오기 마련이다. 산, 하늘, 바다는 우리가 난순히 보는 것을 넘어 주의 깊게 관찰해야만 무미건조함이나 찬란함을 발견하게 되는 얼굴과도 같다. 모든 얼굴은 웅변적이 되기 위해 어떤 쇄신을 겪어야 한다. 그런데 우리는 잊고 지냈던 세계가 새롭게 보인다는 사실에 감탄해야 할 때, 너무 빨리 질린다고 불평을 한다.

저녁 무렵 나는 국도 근처에 위치한, 보다 정돈되고 규모를 갖춘 공원 한구석을 찾곤 했다. 각종 향기와 태양의 소용돌이에서 빠져나와 이제는 선선해진 저녁 공기 속에서, 정신은 차분해졌고 이완된 몸은 충족된 사랑에서 비롯된 내면의 침묵을 음미하고 있었다. 나는 벤치에 앉았고, 저물어가는 해와 함께 둥글게 사그라드는 들판을 바라보았다. 나는 충족되었다. 머리 위로 석류나무 한 그루가 모든 봄의 희망을 움켜쥔 작은 주먹처럼 꼭 닫힌 줄무늬 꽃봉오리들을 늘어뜨리고 있었다. 뒤로는 로즈마리가 피어있는 듯했는데, 나는 그것들의 알코올 향만을 느낄 뿐이었다. 나무들이 언덕들을 액자처럼 에워싸며 테두리를 쳤고, 더 멀리 바다 끝 지평선 위의 하늘은 고장 난 돛단배처럼 더없이 부드럽게 휴식하고 있었다. 가슴에 기이한 기쁨이 밀려들었다. 고요한 정신에서 비롯되는 바로 그 기쁨이. 배우들이 배역을 훌륭히 완수했을 때 느끼는 감정이 있다. 더 정확히는 그들의 몸짓과 그들이 그려내는 이상적인 인물의 몸짓을 일치시켰을 때, 어떤 의미로는 사전에 계획된 그림 속으로 들어가 그 즉시 인물에 생명을 불어넣고 살아 숨 쉬게 했을 때 느끼는 감정 말이다. 정확히 내가 느꼈던 감정이었다. 나는 내 배역을 훌륭히 수행했다. 인간이라는 내 직업을 완수했다. 내게는 하루 온종일 기쁨을 누린 것이 특별한 성취라기보다는, 어떤 경우엔 행복해야 할 의무가 부과된 우리 인간 조건의 감동적인 완수로 여겨졌다. 이후엔 고독이 찾아들었으나, 이번엔 만족감 속의 고독이었다.

이제 나무들은 새들로 가득했다. 대지는 어둠에 빠져들기 전에 천천히 숨을 내쉬었다. 잠시 후, 첫 별과 함께 세상의 무대 위로 밤이 등장할 것이다. 반짝거리던 한낮의 신들은 일상적인 죽음으로 되돌아가리라. 하지만 또 다른 신들이 찾아올 것이다. 더 짙은 어둠을 위하여. 하지만 그들의 황폐한 얼굴도 대지의 심장에서 탄생하리라.

적어도 이 순간에는 황금빛 꽃가루가 덩실거리는 저 너머를 통해 모래 위로 끊임없이 밀려오기를 반복하는 파도가 보였다. 바다, 들판, 침묵, 이 대지의 내음, 이 모든 향기로운 생명이 내 몸을 채웠고, 나는 이미 황금빛으로 익은 이 세계의 과일을 베물고서 입술을 따라 흐르는 달콤하고 강렬한 과즙이 느껴지는 것에 감격해 마지않았다. 아니, 중요한 건 나도, 이 세계도 아니고, 바로 이 세계로부터 내게 사랑을 싹틔우는 일치와 침묵이었다. 나는 나만을 위한 사랑을 요구할 만큼 약하지 않았다. 태양과 바다에서 태어난 흥미롭고 활기찬 종족, 단순함에서 위대함을 길어 올리며 바닷가에 서서 하늘의 눈부신 미소에 동조의 미소를 지어 보이는 종족 전체와 사랑을 나눌 의식과 자부심이 있었으니 말이다.

제밀라의 바람

정신 그 자체의 부정이라는 진리의 탄생을 위해, 정신이 사멸하는 곳들이 있다. 내가 제밀라에 갔을 때 바람과 태양이 있긴 했으나, 그건 또 다른 이야기이다. 우선 이야기해야 할 것은, 무겁고 흠결 없는 절대 침묵이 그곳을 지배했다는 것이다. 저울의 균형 같은 무엇이라고 할까. 새들의 울음소리며 구멍이 세 개인 피리의 희미한 소리, 염소들이 터벅거리는 소리, 하늘에서 들려오는 웅성거림, 그 모든 소음이 공간에 침묵과 황폐함을 조성했다. 이따금 둔탁한 마찰음과 새된 새 울음소리가 돌들 틈에 웅크리고 있던 새들이 날아오르고 있음을 알렸다. 이어지는 길들은 주택들의 잔해 사이로 난 오솔길이거나, 태양빛에 반짝이는 돌기둥들이 늘어선 포석 깔린 대로거나, 개선문과 언덕 위 사원 사이로 펼쳐진 광활한 고대 광장인데, 그 모든 길이 제밀라를 세상과 사방으로 단절시키는 협곡으로 이어진다. 마치 끝도 없는 하늘에 부채처럼 펼쳐진 게임 카드들 같다고 할까. 우리는 이곳에서, 해가 기울고 산들이 보랏빛으로 물들며 커져감에 따라 돌들과 침묵을 마주하고서 정신을 집중한다. 하지만 제밀라의 고지엔 바람이 분다. 바람과, 폐허를 빛으로 물들이는 태양의 이 거대한 혼돈 속에서 무언가가 벼려지고, 그것이 사멸한 도시의 고독과 침묵 속에서 인간에게 자신의 정체성을 가늠하게 한다.

제밀라에 닿기 위해서는 오랜 시간이 걸린다. 그곳은 지나다 들르거나 스쳐가는 도시가 아니다. 이 도시는 어느 곳으로도 이어지지 않고, 어느 고장에도 면해있지 않다. 그곳은 작정하고 갔다가 되돌아 나오는 곳일 뿐이다. 그 사멸한 도시는 구불구불한 길의 맨 끝에 자리해 길의 굽이마다 이제야말로 도시가 나타나리라는 헛된 기대감을 북돋고, 그런 만큼 더 멀게 느껴진다. 마침내 높은 산들 속에 파묻힌 퇴색한 언덕 위로 백골 숲 같은 누르스름한 뼈대가 불쑥 형체를 드러내고, 그렇게 제밀라는 오직 그것만이 우리를 세계의 고동치는 심장부로 이끌 수 있는 사랑과 인내라는 교훈의 상징이 된다. 거기, 몇 그루의 나무와 마른 풀들 가운데서 제밀라는 흔한 찬탄이나 그림 같은 풍광이나 운명 놀음에 맞서, 그 모든 산과 돌로 꿋꿋이 버티고 있는 것이다.

우리는 이 불모의 장엄함 속을 하루 온종일 떠돌았다. 오후가 시작되었을 때만 해도 느껴질락 말락 하던 바람이 시간이 흘러감에 따라 점차로 거세지며 풍경을 온통 채우는 듯했다. 동쪽 저 멀리 솟은 산들 사이에서 시작된 바람은 지평선 끝에서 급속히 몰려와 돌들과 태양 사이로 연신 휘몰아쳤다. 바람은 끊임없이, 세차게 폐허를 가르며 불어와 돌과 흙의 반원 극장 속을 휘도는가 하면, 세월에 마모된 암석 더미를 감쌌고, 늘어선 돌기둥들을 숨결로 휘감는가 하면, 하늘을 향해 열린 고대 광장에 끝도 없는 비명을 퍼뜨렸다.

바람에 내 몸도 돛대처럼 우지끈거리는 기분이었다. 몸 한가운데가 패이고, 두 눈이 불타고, 입술이 덜덜거리고, 피부가 바싹 말라붙어 더는 내 것이 아닌 것처럼 느껴졌다. 전에는 바로 이 피부로 세계의 문자를 해독했더랬다. 세계는 피부를 여름의 숨결로 덥히거나 얼음장 같은 이빨로 깨물어, 자신의 다정함이나 분노의 흔적을 새겼다. 하지만 바람을 그토록 오래 맞으며 한 시간 이상을 시달리고 버틴 끝에 얼떨떨해진 나는 몸에 새겨진 흔적을 의식하지 못했다. 파도에 씻겨 반들반들해진 자갈처럼, 바람에 씻겨 매끄러워지고 영혼까지 마모되었다. 나는 나를 펄럭거리게 하는 이 힘에 처음엔 다소, 이윽고 흠뻑 동화되었다. 그리고 마침내 내 피의 박동과 도처에서 요란하게 울려대는 자연의 심장 박동이 뒤섞이면서 그 힘 자체가 되었다. 바람이 나를 둘러싼 뜨겁고 헐벗은 자연의 형상으로 나를 빚었다. 바람의 찰나적 포옹이 무수한 돌무더기 사이의 돌이 된 내게 여름 하늘 속의 돌기둥, 혹은 올리브나무의 고독을 가져다주었다.

태양과 바람의 난폭한 샤워는 나의 모든 생명력을 소진시켰다. 내 안엔 겨우 이 어렴풋한 날갯짓, 신음하는 이 생명, 정신의 이 희미한 반항만이 남았을 뿐이다. 이제 세계 곳곳으로 흩어져 기억을 잃고 나 자신도 망각한 나는, 저 바람이다. 바람 속에서, 나는 저 돌기둥들이고 저 아치이며, 저 뜨거운 포석이고 황량한 도시를 에워싼 빛바랜 저 산들이다. 이전까지 나는 나 자신과 거리를 둠과 동시에 세계에 현존하는 이런 기분을 결코 느껴본 적 없었다.

그렇다, 나는 현존한다. 지금 이 순간 놀라운 건, 내가 이 이상 더 멀리 나아갈 수 없다는 것이다. 마치 종신형으로 갇힌 사람처럼 - 그에겐 모든 것이 현재다. 또한 내일은 오늘과 같을 것이며 다른 모든 날도 마찬가지이리라는 것을 아는 사람처럼. 왜냐하면 인간이 자신의 현존을 인식한다는 것은 더는 아무것도 기대하지 않는 것이기 때문이다. 만일 영혼의 상태를 드러내는 풍경이 있다면 더없이 천박할 것이다. 해서 나는 이 지역 곳곳에 걸쳐, 내 것인 무언가가 아니라 우리에게 공통된 죽음의 맛과도 같은 이 지역의 무언가를 뒤따랐다. 이제는 그림자가 사선으로 드리운 돌기둥들 사이로 불안한 기운이 마치 상처 입은 새처럼 대기에 녹아있었다. 그리고 그 불안에 깃든 이 불모의 명징성. 불안은 산 자들의 가슴에서 싹튼다. 하지만 고요가 이 살아있는 가슴을 뒤덮으리라. 이것이 내 통찰의 전부다. 해가 점차 기울어가고 소음과 빛이 하늘에서 내려오는 잿가루에 덮여 잦아듦에 따라 스스로에게 배제된 나는, 내 안에서 '아니야'라고 말하는 저 느릿한 힘 앞에서 무력감을 느꼈다.

대부분의 사람들이 포기와는 하등 상관없는 거부가 있다는 것을 이해하지 못한다. 여기서 미래라든가 안락이라든가 출세 따위가 무슨 의미란 말인가? 마음의 발전이라는 것이 무슨 의미가 있겠는가? 내가 세상의 모든 '훗날'을 고집스레 거부하는 것은 또한 내 앞에 놓인 현재의 풍요를 포기하지 않으려는 것이기도 하다. 죽음이 또 다른 삶을 여는 것이라는 믿음은 나로서는 마뜩지 않다. 내게 죽음은 닫힌 문이다. 죽음이란 반드시 건너야 할 발걸음이 아니라, 끔찍하고 추악한 모험이라고 말하고 싶다. 사람들이 내게 제안하는 모든 것은 인간에게서 그 자신의 삶의 무게를 덜어내려는 노력일 뿐이다.

하지만 제밀라의 하늘에서 느리게 비행하는 커다란 새들을 바라보며 정작 내가 요구하고 얻어내는 것은 바로 이 일정량의 삶의 무게이다. 그 수동적인 열정에 전력을 다하기. 나머지는 더는 내 소관이 아니다. 죽음에 대해 이야기하기엔 내 안에 청춘이 넘쳐난다. 하지만 굳이 말해야만 한다면, 내가 두려움과 침묵 사이에서 희망 없는 죽음에 대한 확신을 이야기할 정확한 단어를 찾을 곳은 바로 이곳인 듯하다.

우리는 몇 가지 익숙한 생각들로 살아간다. 두세 가지 정도의. 이 생각들은 살아가며 부딪치는 세상과 사람들에 따라 다듬어지고, 변모된다. 확실하게 드러낼 수 있는 자신만의 생각이 정립되려면 10년은 필요하리라. 당연히 다소 절망적일 수 있다. 하지만 인간은 그렇게 세계의 아름다운 얼굴과 어느 정도 친숙해진다. 지금까지는 세계를 정면으로 바라보았다. 그러니 이제는 옆으로 한 걸음 물러나 옆모습을 바라보아야 한다. 젊은이는 세계를 정면으로 바라본다. 그는 죽음이나 무에 대해 공포를 곱씹어 보았을지언정, 진지한 생각을 다듬을 시간은 없었다. 죽음과의 그 생경한 대면, 태양을 사랑하는 동물의 그 육체적 공포, 그것이 바로 젊음이리라. 적어도 그 점에서는 흔히들 생각하는 것과 달리, 젊은이들에게 환상이란 없다. 그들은 환상을 키울 시간도 헌신성도 갖지 못했다. 왜인지는 알 수 없지만, 눈앞에 펼쳐진 이 협곡 앞에서, 음산하고도 장중한 돌의 이 비명 앞에서, 태양이 저물어가며 삭막해지는 제밀라 앞에서, 희망과 색채의 이 죽음 앞에서, 나는 인간이란 이름에 걸맞은 인간들은 생의 끝에 다다르면 이 정면 대결로 돌아와 이제껏 자기 것이라고 믿었던 몇몇 생각 따위는 부정해 버리고 스스로의 운명과 맞섰던 고대인들의 시선 속에서 빛나던 순수와 진실을 되찾아야만 한다고 확신했다. 그들은 젊음을 되찾는다. 하지만 그것은 죽음을 껴안으며 얻어지는 것이다. 그 점에서 질병보다 비열한 건 없다. 질병은 죽음을 치료하는 약이다. 그것은 죽음을 준비한다. 질병은 첫 단계가 자기 연민인 죽음 실습 프로그램을 계획하고, 온전한 죽음에 대한 확신을 물리치려는 필사적 노력을 하도록 인간의 등을 떠민다. 하지만 제밀라는…… 이제 나는 인간이 이따금씩 집착하는 진정하고 유일한 문명의 발달은 바로 자각하는 죽음을 창조하는 것임을 직감한다.

항상 놀랍다고 느끼는 사실은, 우리가 다른 주제에 대해선 너무도 쉽게 정련된 의견을 내놓으면서, 죽음에 관한 생각은 빈약하기 짝이 없다는 것이다. 죽음은 그저 좋거나 나쁜 것일 뿐이다. 아니면 두려워하거나 재촉하는(말은 그렇게들 한다) 것이거나. 하지만 이 또한 모든 단순한 것들은 늘 우리의 생각을 넘어선다는 방증이기도 하다. 푸른색이란 무엇이고, 푸른색에 대해서는 어떻게 생각하는가? 죽음도 똑같이 어려운 문제다. 우리는 죽음과 색채에 대해 토론할 줄 모른다. 그럼에도 내 앞에 땅처럼 무겁게 누워 내 미래를 예고하는 이 사람은 중요하다. 나는 진정으로 그에 대해 생각할 수 있을까? 언젠간 나도 죽겠지, 라고 생각하지만 아무 의미 없다. 왜냐하면 나는 그것을 믿지 못할 것이고, 타인의 죽음만 경험할 뿐이기 때문이다. 나는 사람들이 죽는 것을 보았다. 무엇보다 나는 개들이 죽는 것을 보았다. 죽은 개들을 만지는 것만으로도 충격이었다. 하여 꽃, 미소, 욕망, 여자들을 떠올리며, 죽음에 대한 내 모든 공포가 삶에 대한 질투에서 비롯되었음을 깨닫는다. 나는 내가 죽은 뒤에 살아있을 사람들을, 꽃과 여인에 대한 욕망을 그들의 살과 피로 감각할 사람들을 질투한다. 이기주의자가 되지 않기에는 삶을 너무 사랑하기에 나는 시샘하는 것이다. 내게 영원 따위가 무슨 소용인가. 우리는 언젠가 여기 누워 이런 말을 듣게 될 수 있다. "당신은 강한 사람이니까 나도 솔직히 말할게요. 당신은 어쩌면 죽을지도 모릅니다." 양손엔 생명을 움켜쥐고 창자는 공포로 가득 찬 채 멍한 시선으로 거기 그렇게 누워서 말이다. 그 밖의 것이 무슨 의미란 말인가. 피가 거꾸로 치솟으며 관자놀이를 두드린다. 주변의 모든 것을 닥치는 대로 부술 수도 있을 것만 같다.

하지만 인간은 의도와 상관없이 죽는다. 그들의 배경과 상관없이 죽는다. 주위에서 그들에게 "네 병이 다 나으면……"이라고 주워섬기지만, 그들은 죽는다. 나는 이를 원치 않는다. 왜냐하면 자연이 거짓말을 하는 날들이 있는가 하면, 진실을 말하는 날들도 있기 때문이다. 오늘 저녁, 제밀라는 진실을 말한다. 그 진실이 얼마나 슬프고 완고하게 아름다운지! 나도 이 세계 앞에서 거짓말을 하고 싶지도, 듣고 싶지도 않다. 명징한 의식을 끝까지 간직하여, 넘쳐나는 내 모든 질투와 공포와 함께 나의 최후를 지켜보고 싶다. 세계와 멀어지는 한, 영원한 하늘을 응시하는 대신 살아있는 사람들의 운명에 집착하는 한, 나는 죽음을 두려워하게 된다. 자각하는 죽음을 창조하기, 그것이야말로 세계와 우리의 거리를 좁히고, 영원히 잃어버린 세계의 달뜬 모습을 인식한 채로 기쁨 없이 끝맺음하는 길일 것이다. 제밀라 언덕의 비가가 이 교훈의 씁쓸함을 내 영혼 더 깊숙한 곳으로 밀어 넣는다.

저녁 무렵, 우리는 마을로 이어지는 비탈길을 올라갔고, 되돌아오던 중에 이런 설명을 들었다. "여긴 이교도 도시예요. 땅 위로 불쑥 솟은 저 구역이 기독교도들의 거리이고요. 그 뒤엔……" 그렇다, 사실이다. 숱한 인간과 사회가 그곳에서 부침을 겪었다. 정복자들은 이 도시에 자신들의 하사관급 문명의 흔적을 남겼다. 그들은 위대함에 대해 저급하고 우스꽝스러운 생각을 품었고, 차지한 땅의 면적으로 제국의 위대함을 가늠했다. 기적적인 건, 그들 문명의 폐허가 다름 아닌 바로 그들이 품었던 이상의 부정이라는 사실이다. 왜냐하면 해거름에 저 높은 곳에서 내려다보면, 하얀 비둘기들이 개선문 주위를 열 지어 비행하는 이 해골 같은 도시가 하늘에는 정복과 야욕의 표시를 남겨놓지 못했기 때문이다. 세계는 늘 역사를 정복하고야 만다. 제밀라가 산들과 하늘과 침묵 사이로 던지는 저 커다란 돌의 외침, 나는 그 시를 잘 안다. 명징성, 무심함, 절망 혹은 아름다움의 진정한 신호. 우리가 이미 떠나온 그 위대함 앞에서 가슴이 옥죄어든다. 하늘의 서글픈 빗물, 반대편 고원에서 들려오는 새의 노래, 언덕 허리를 우르르 몰려가는 염소 떼의 급작스럽고 짤막한 발소리, 사방에 울려 퍼지는 듯한 온화한 석양빛으로 물든, 제단의 정면에 새겨진 뿔 달린 신의 현현한 얼굴과 함께 제밀라는 우리의 등 뒤로 남는다.

알제의 여름

자크 외르공[1]에게

1 프랑스의 문헌학자. 알제 문과대에서 라틴어와 문학을 강의했고, 이곳에서 재능이 두드러졌던 학생 카뮈를 만났다.

우리가 도시와 나누는 사랑은 대개 은밀한 사랑이다. 파리, 프라하(심지어 피렌체조차) 같은 도시들은 자기 안에 갇혀 자기만의 특성으로 세계를 한정한다. 하지만 알제는 바다에 면한 몇몇 특혜 받은 도시들과 더불어, 입처럼 상처처럼 하늘을 향해 열려있다. 우리가 알제에서 좋아할 수 있는 건 누구나 누리는 것들이다. 이를테면 길모퉁이를 돌 때마다 마주치는 바다, 무시 못 할 태양의 무게, 지역민의 아름다움 같은 것들. 그리고 늘 그렇듯 이 개방성과 무상의 선물 같은 접근성 속에서, 보다 은밀한 향기가 감지된다. 파리에선 무한한 공간과 새들의 날갯짓이 그리울 수 있다. 이곳 알제에선 인간은 적어도 충족되고 욕망을 보장받으며, 그렇기에 자신이 얼마나 풍요로운지 헤아릴 수 있다.

자연의 혜택이 지나치면 영혼이 메마를 수 있다는 걸 이해하기 위해서는 알제에 오래 살아야만 할 것이다. 무언가를 배우거나 교육을 받거나 발전하고자 하는 사람이 이곳에서 얻을 건 아무것도 없다. 이 고장엔 가르침이 없다. 이곳은 아무것도 약속하지 않고, 암시하지 않는다. 그저 내주는 것에, 아낌없이 내주는 것에 그친다. 도시 전체가 시선에 스스로를 온전히 내맡기고 우리는 이 사실을, 누리는 동시에 깨닫는다. 이 기쁨엔 치료제가 없고, 이 즐거움엔 희망이 없다. 이 지역이 요구하는 건 냉철한 영혼, 즉 위안하지 않는 영혼이다. 이곳은 신념에 따라 행동하듯 냉철하게 행동하기를 요구한다. 자신이 키워 놓은 인간에게 찬란함과 곤궁함을 동시에 안기는 고장이라니 이 얼마나 기발한가! 감성적인 이 고장 사람이라면 갖추고 있는 관능의 풍요가 실은 극도의 궁핍과 일치한다는 사실은 놀라운 것이 아니다. 씁쓸함이 수반되지 않는 진실이란 없다. 그러니 내가 이곳에서 가장 가난한 이들과 함께 있을 때 이 고장의 얼굴을 더없이 사랑하게 된다고 한들 무엇이 놀랍겠는가?

이 지역 사람들은 젊은 시절 내내 그들의 아름다움에 부합하는 삶을 살아간다. 이후엔 내리막과 망각이다. 그들은 육체에 모든 걸 걸었지만, 자신들이 실패하리라는 걸 알았다. 알제의 젊고 기운찬 사람들에겐 모든 것이 승리를 위한 구실이요, 핑계가 된다. 해안, 태양, 바다에 면한 테라스에서의 열정적이고 순수한 놀이들, 꽃과 경기장들, 싱그러운 다리를 드러낸 여성들까지. 하지만 젊음을 잃은 사람들에겐 마음 둘 곳이 전혀 없고, 우울을 해소할 곳도 없다. 다른 지역들, 예컨대 이탈리아의 테라스들, 유럽의 수도원들, 프랑스 프로방스 지방에 솟은 언덕들의 완만한 곡선 등 그 모든 장소에서는 인간이 세속으로부터 탈피하고 자기 자신에게서 슬그머니 놓여날 수 있다. 하지만 이곳에선 모든 것이 고독과 청춘의 끓는 피를 요구한다. 괴테는 죽으면서 빛을 청하는 역사적인 말을 남겼다. 알제의 벨쿠르와 바벨 우에드에서는 노인들이 카페 구석에 앉아, 머리에 기름을 발라 뒤로 넘겨 붙인 젊은이들의 허풍스런 수다에 귀를 기울인다.

알제에서 이러한 시작과 끝을 우리에게 알려주는 것이 바로 여름이다. 그 몇 개월 동안 도시는 텅 빈다. 하지만 가난한 이들은 남는다. 그리고 하늘도. 우리는 그들과 함께 항구와 인간의 보물들, 그러니까 미지근한 바닷물과 갈색으로 그을린 여인들의 육체를 향해 걸어 내려간다. 풍요를 만끽한 그들은 저녁이 되면 그들의 일상을 구성하는 유일한 장식인 방수 식탁보와 석유등을 다시 마주한다.

알제에서는 보통 '수영을 한다'가 아니라 '수영을 때린다'고 말한다. 강요하진 않기로 하자. 사람들은 항구에서 수영을 하다가 부표에 올라타 휴식한다. 혹여 이미 예쁜 여자가 올라탄 부표 근처를 지날라치면, 친구들에게 외친다. "거봐, 내가 갈매기랬잖아." 건강한 재미다. 이 재미는 이 젊은이들의 이상임에 틀림없다. 그들의 대부분이 겨울에도 그와 같은 생활방식을 이어가기 때문이다. 그들은 정오가 되면 간단한 점심 식사를 위해 양지로 나가 벌거벗는다. 육체의 신교도라 할 나체주의자들의 지루한 강론(정신론 못지않게 거슬리는 육체론도 있다)을 읽어서가 아니라, 단지 '햇볕을 쏘이는 게 좋기' 때문이다. 우리 시대에 이런 풍습의 중요성은 결코 높이 평가되지 않을 것이다. 2천 년 이래 처음으로, 해변에 나체가 등장했다. 근 20세기 동안 인간은 고대 그리스의 대담성과 순수성을 점잖게 바로 잡고, 육체를 감추고 의상을 복잡화하는데 매달렸다. 이제 그 역사를 초월하여 지중해 해변에서 달리기를 하는 저 젊은이들이 그리스 델로스 섬에서 경기를 펼쳤던 고대 육상 선수들의 찬란한 동작을 구현하고 있는 것이다. 그와 같이 육체들 가까이에서 육체로 먹고살다 보면, 육체도 그때그때 미묘하게 다른 뉘앙스가 있고 나름의 삶이 있으며, 아무 말이나 무릅쓰자면 자신만의 철학이 있다는 걸 깨닫게 된다[1]. 정신의 진화와 같이 육체의 진화도 고유의 역사, 기복, 발전, 결핍이 있는 법이다. 한 가지 뉘앙스만 이야기해 보자. 바로 색깔을. 여름에 해수욕장에 가면 모든 피부가 흰색에서 황금색, 이어서 갈색, 마지막으로 육체가 가능한 변화의 한계치인 담배 색으로 변하는 과정을 동시에 거친다는 것을 알 수 있다. 흰색 건물들이 큐브 쌓기 놀이처럼 다닥다닥 붙은 카스바 거리가 항구를 굽어본다. 바닷가에서 보면 이 아랍 도시의 눈부신 흰색 건물들을 배경으로 반벌거숭이의 육체들이 구릿빛 띠 장식을 그리며 굴러 내려온다. 8월이 깊어지고 태양빛이 강렬해짐에 따라 주택들의 흰색은 더욱 눈부시고 사람들의 피부는 더욱 짙은 열기를 머금는다. 그러니 태양과 계절에 조응하는 돌과 살의 대화에 어찌 동화되지 않을 수 있겠는가? 오전엔 내내 바닷물에 첨벙 뛰어들어 솟구치는 물기둥 속에서 웃음꽃을 활짝 피운

---

1 우습게 들릴지 모르겠으나 나는 앙드레 지드가 육체를 찬양하는 방식이 마음에 들지 않는다. 지드는 육체를 더욱 민감하게 만들기 위해 육체적 욕망을 억제하라고 주문한다. 말하자면 성매매업소 은어로 '까탈이들'이나 '지식인 나부랭이들'이라고 불리는 자들에 가깝다. 기독교 또한 욕망을 금지하고자 하나, 이는 보다 자연스럽게 금욕으로 치부된다. 술통 제조업자이고 주니어 평영 대회 우승자인 내 친구 벵상의 관점은 더더욱 명확하다. 그는 목이 마르면 물을 마시고, 여자 생각이 나면 같이 잘 여자를 찾고, 그 여자를 사랑하면 결혼하겠다(그런 일은 아직 일어나지 않았다)는 주의이다. "한결 낫군." 욕망을 충족하고 난 뒤 그가 늘 하는 말이다. 포만감에 대한 옹호를 정확하게 요약하는 말일 것이다.(원주)

다거나, 노를 크게 저어 화물선들(그중에 노르웨이에서 온 화물선들은 목재 향을 풍기고, 독일에서 건너온 것들은 기름 냄새를 훅 끼치고, 인근 해안을 도는 것들은 포도주와 오래된 술통 냄새를 풍겼다) 주위를 빙 돈다. 태양이 온 하늘에 범람하는 시간이 되면 갈색 육체들을 실은 오렌지색 카누가 전력 질주하여 우리를 해안에 다시 데려다 놓는다. 과일색 날개가 달린 두 개의 노가 박자에 맞춰 움직이다가 돌연 정지하는가 싶더니 이내 항구에 설치된 독의 잔잔한 물 위로 한참을 미끄러져 들어간다. 그 순간 내가 매끄러운 물을 가로질러 신들의 갈색 화물을 운반하고 있고, 알고 보니 이 화물이 내 형제들이었다는 사실을 어찌 확신하지 않을 수 있겠는가?

하지만 도시의 반대편에선, 여름이 이와는 대조적인 또 다른 풍요를 이미 건네고 있다. 그러니까 침묵과 권태 말이다. 그 침묵은 그늘에서 비롯된 것인지 태양에서 비롯된 것인지에 따라 급이 다르다. 우선 시청 광장에 감도는 정오의 침묵이 있다. 광장 가장자리를 따라 뻗은 나무 그늘에서 아랍인들이 오렌지 꽃향 아이스 레모네이드를 5수에 판매한다. "시원해요, 시원해." 그들의 외침이 휑뎅그렁한 광장을 가로지른다. 그들의 외침 이후엔 태양 아래로 침묵이 다시 내려앉는다. 상인의 음료 통 속에서 얼음이 뒤집히며 딸그락거리는 가느다란 소리까지 들린다. 다음으로 낮잠 시간의 침묵이 있다. 마린 거리의 불결한 미용실 앞에 서 있자면, 속이 빈 갈대 줄기로 엮은 가리개 뒤에서 리드미컬하게 붕붕거리는 파리 떼 소리로 그 침묵이 헤아려진다. 다른 곳, 카스바 거리의 무어인 카페에는 몸에 깃든 침묵이 있다. 그 몸은 이 장소를 벗어나지도 못하고, 찻잔을 놓지도 못하며, 자신의 맥박 소리만 울리는 가운데 시간을 되찾지도 못한다. 하지만 그 모든 것 위에 여름밤의 침묵이 있다.

하루가 밤으로 뒤바뀌는 그 짧은 순간들은 얼마나 많은 비밀스런 신호와 부름으로 가득하기에, 내 안의 알제가 이렇게까지 그 순간들과 이어진 것일까? 이 도시와 얼마간 멀리 떨어질 때면, 나는 이곳의 석양을 행복의 약속처럼 떠올린다. 도시를 굽어보는 언덕 위엔 유향나무와 올리브나무들 사이로 길들이 나 있다. 이제 내 마음이 향하는 곳은 바로 그곳이다. 나는 그곳에서 초록색 지평선 위로 검은 새떼가 날아오르는 광경을 그려본다. 돌연 태양이 자취를 감춘 하늘에서 무언가가 느슨해진다. 한 무리의 붉은 구름이 기지개를 켜다가 끝내 대기 속에 섞여 흩어진다. 곧바로 첫 별이 모습을 드러낸다. 두터워진 하늘에서 형태를 갖추며 선명해지는 것이 보인다. 이윽고 순식간에 모든 것을 삼켜버리는 밤. 알제의 찰나적인 저녁들은 무엇이 그리 비할 바 없기에 내 안의 그 많은 것들을 해방시키는 것일까? 그 저녁들이 내 입술에 남긴 이 감미로움은 내가 미처 싫증 낼 사이도 없이 이미 밤 속으로 사그라든다. 그것이 바로 끈질기게 되살아나는 여운의 비결일까? 이곳의 다정함은 뭉클하지만 찰나적이다. 하지만 다정함이 존재하는 순간엔 적어도 거기에 온 마음을 쏟을 수 있다. 파도바니 해변에서는 매일 무도장이 문을 연다. 무도장은 널따란 직사각형으로, 기다란 면 전체가 바다를 향해 개방돼 있다. 그곳에서 이 지역의 가난한 청춘들은 해가 저물도록 춤을 춘다. 나는 종종 그곳에서 특별한 순간을 기다렸다. 무도장은 낮 동안은 비스듬한 목제 차양으로 가려졌다가, 해가 물러가면 차양이 걷히곤 했다. 그러면 홀 안이 하늘과 바다라는 이중의 보호막에 싸여 기이한 초록빛으로 가득 찬다. 창문에서 멀리 떨어져 앉으면 오직 하늘만이 보이고, 차례로 지나가는 춤추는 사람들의 얼굴은 까만 그림자일 뿐이다. 때로 왈츠곡이 연주되는데 그럴 때면 검은 실루엣들이 축음기의 회전판에 고정시켜 세운 검은 그림자 인형처럼, 초록색을 배경으로 끊임없이 회전한다. 이윽고 순식간에 밤이 찾아들고 그와 더불어 조명이 켜진다. 그 미묘한 순간에 내가 느낀 감명과 신비를 아무리 애써도 형용할 길이 없다. 다만 오후 내내 춤을 추었던 호리호리하고 멋진 여자가 기억난다. 여자는 몸에 붙는 파란색 드레스에 재스민 꽃 목걸이를 둘렀는데, 드레스 허리부터 다리까지 땀으로 젖어있었다. 그녀는 춤을 추며 깔깔거리는가 하면 고개를 뒤로 젖혔고, 테이블들 곁을 지나며 꽃향기와 살 내음이 뒤섞인 냄새를 남겼다. 저녁이 되자 파트너에게 밀착된 여자의 몸이 더는 보이지 않았지만, 하얀 재스민과 검은 머리칼이 번갈아 만드는 점들이 하늘을 배경으로 회전했다. 여자가 부푼 목을 뒤로 젖히면, 여자의 웃음소리가 들리며 돌연 몸을 숙이는 남자 파트너의 옆모습이 보였다. 내가 순수에 대해 품은 생각은 그와 같은 저녁들에 빚진 것이다. 나는 격정을 머금은 그 존재들을 그들의 욕망이 회오리치는 하늘과 더는 분리해서 생각하지 말아야 한다는 것을 깨우친다.

알제의 동네 극장에서는 때로 박하사탕을 파는데, 거기엔 사랑의 탄생에 필수적인 모든 것이 빨간 글씨로 새겨져 있다. 대략 이런 내용이다. 1) 질문들 : “언제 나와 결혼하시겠어요?”, “날 사랑하세요?”

2) 대답들: "미치도록", "봄에". 남성은 분위기를 조성한 뒤 옆자리 여성에게 사탕을 건넨다. 같은 방식의 대답이 돌아올 수도 있고, 어리둥절한 표정을 지어 보이는 것으로 그칠 수도 있다. 벨쿠르에서는 종종 그런 식으로 결혼까지 이어지는 것을 보았다. 박하사탕 교환으로 인생 전체가 결정되는 것이다. 이는 이 지역 주민들의 아이 같은 면모를 적절히 묘사한다.

청춘의 특징은 어쩌면 손쉬운 행복을 누리는 그 탁월한 자질에 있을지도 모른다. 하지만 무엇보다 그것은 탕진에 가까운, 성급한 삶으로의 돌진이다. 벨쿠르에서는 바벨우에드에서와 마찬가지로 사람들이 젊은 나이에 결혼한다. 일찍부터 돈을 벌고, 한 인간의 일생에 걸친 경험을 10년 만에 전부 소진한다. 서른 살짜리 노동자가 이미 인생의 모든 패를 죄다 쓴 셈이다. 그는 이제 아내와 자식들 틈에서 인생의 끝을 기다린다. 그의 행복은 갑작스럽고 가차없었다. 그의 삶도 마찬가지였다. 그렇게 우리는 그가 모든 것을 주었다가 모든 것을 거두는 고장에서 태어났음을 깨닫는다. 이 풍요와 과잉 속에서 삶은 느닷없고, 엄격하고, 너그러운 거센 열정의 곡선을 그려간다. 이곳에서 삶은 구축하는 것이 아니라 불태우는 것이다. 그러니까 심사숙고한다거나 발전하는 것은 중요하지 않다. 예컨대 지옥의 개념은 이곳에선 애교스런 농담일 뿐이다. 그런 종류의 상상력은 도덕군자들에게나 허용될 뿐이다. 확신컨대 도덕이란 알제리 전역에서 무의미한 단어일 것이다. 이 사람들이 원칙이 없어서가 아니다. 그들도 나름의 도덕관이, 특수한 도덕관이 있는데 다음과 같다. 어머니에게 '예의 없이 굴지' 않는다. 밖에선 아내를 존중한다. 임산부를 배려한다. 한

명을 상대로 둘이 덤비지 않는다. 그건 '비열한 처사'이기 때문이다. 이 기본적인 계율들을 지키지 않는 자들은 '사람이 아니'고, 그것으로 끝이다. 내게는 올바르고 설득력 있는 도덕관으로 보인다. 내가 아는, 유일하게 이해관계를 초월한 이 계율을 이곳의 많은 사람들이 여전히 무의식적으로 지키고 있다. 반면에 이곳 사람들은 얄팍한 장사꾼 정신에 대해선 알지 못한다. 나는 경찰들에게 붙잡혀 끌려가는 사람을 측은해하는 표정을 주변에서 심심치 않게 보아왔다. 그가 도둑질을 했는지, 존속 살해범인지, 아니면 그저 반항적인 사람인지 알기도 전에 사람들은 "불쌍해라"라고 탄식하거나, 어렴풋한 경탄을 담아 "저런 사람이야말로 진정한 해적이지"라는 말을 늘어놓는다.

자부심과 삶을 위해 태어난 국민이 있다. 그들은 권태에 대처하는 더없이 독특한 자질을 키워왔다. 죽음을 가장 혐오스럽게 느끼는 것도 바로 그들이다. 감각적 쾌감을 제외하면 이 나라 사람들의 오락은 형편없는 수준이다. 쇠공놀이 모임과 '친목' 도모 회식, 입장료 3프랑짜리 극장, 마을 축제, 30년 전부터 서른 살이 넘은 사람들의 오락으로 이것들이면 충분했다. 알제의 일요일은 가장 음울한 날들에 속한다. 고매한 정신을 함양하지 않은 이 나라 국민들이 삶의 뿌리 깊은 공포를 신화와 전설의 옷으로 덮는 법을 어찌 알 수 있겠는가? 이곳에선 죽음과 관련된 모든 것이 우스꽝스럽고 추악하다. 종교도 없고 우상도 없는 이 나라 국민은 군중 속에서 살다가 혼자서 죽음을 맞는다. 세상에서 가장 아름다운 장소를 마주하고 있음에도 브뤼 대로의 공동묘지보다 더 음산한 곳을 나는 알지 못한다. 암흑천지 속에 한데 모인 악취미 무더기가 죽음이 민낯을 드러내는 이 장소의 참혹한 슬픔을 드러낸다. <모든 것은 지나가고, 추억만이 남는다> 하트 형태의 묘비명들이 전하는 말이다. 그 모든 것이 우리를 사랑했던 사람들이 우리에게 값싸게 남발했던 부질없는 영원성을 강조하고 있다. 모든 절망감에도 똑같은 문장들이 적용된다. 그 문장들은 망자를 향해 2인칭으로 이야기된다. <우리의 추억으로 널 잊지 않을 거야> 기껏해야 시커멓게 썩은 물에 지나지 않는 것에 육체와 욕망을 들씌우려는 을씨년스러운 눈가림이라니. 대리석에 꽃과 새들을 어처구니없으리만치 과잉으로 새겨 넣은 다른 곳의 무덤엔 이런 무모한 맹세가 쓰여 있다. <네 무덤에는 절대 꽃이 떨어질 날이 없을 거야> 하지만 우리는 곧바로 안심한다. 금박을 입힌 석고 꽃다발이 묘비명을 둘러싸고 있다. 이거야말로 산 자들의 시간을 절약하는 경제적인 방식(이 불멸의 망자들이 요란한 이름을 갖게 된 것은 아직 살아서 전차를 타고 다니는 사람들 덕분이기에)이 아닌가. 우리가 몸담은 시대와 발맞추어야 하는바, 때로 전통적인 꾀꼬리 장식 대신 생뚱맞은 비행기 장식이 놓인 무덤도 있다. 구슬로 만든 비행기의 조종석엔 얼빠진 표정의 천사가 앉아있는데, 논리 따위는 아랑곳하지 않는다는 듯 등에 훌륭한 날개 한 쌍을 달고 있다.

그럼에도 죽음에 관한 이 이미지들을 삶과 절대 떼어놓고 생각할 수 없다는 것을 어떻게 설명해야 할까? 이곳에서는 여러 가치들이 밀접하게 연관되어 있다. 알제의 장의사들이 제일 즐기는 농담은 빈 장의차를 타고 가다가 길에서 마주치는 젊고 예쁜 여성들에게 이렇게 소리치는 것이다. “태워줄까, 예쁜이?” 비록 거북한 장난일지라도 그것에서 어떤 상징을 발견하는 데는 아무 지장이 없다. 또한 누군가의 부고에 왼쪽 눈을 찡긋거리며 이렇게 응수하는 것은 불경스러워 보일 수 있다. "딱한 양반, 이젠 절대 노래도 못 부르겠네." 남편의 죽음 앞에서, 남편을 전혀 사랑하지 않았던 오랑의 어떤 여인이 보인 이런 반응도 마찬가지다. "신이 내게 그이를 주었다가 도로 반품 수거해갔어요." 따지고 보면 나는 죽음이 왜 신성해야 하는지 알 수 없고, 오히려 공포와 경의 사이의 거리감만을 뚜렷이 느낄 뿐이다. 삶을 환영하는 나라에서 이 공동묘지의 모든 것이 죽음의 공포를 내뿜고 있다. 그럼에도 이 묘지의 담장 밑에선 벨쿠르의 젊은이들이 데이트를 하고, 여성들은 키스와 애무에 몸을 맡긴다.

물론 그런 사람들이 모든 이들에게 받아들여질 수 없다는 것을 인정한다. 이곳에서는 이탈리아와 마찬가지로 지성의 자리가 없다. 이 종족은 고매한 정신 따위엔 관심이 없다. 그들은 육체를 숭배하고 찬미한다. 육체에서 힘과, 순박한 냉소주의[2]와, 엄격하게 심판받아 마땅한 유치한 허영을 길어 올린다. 그들의 '정신 상태', 그러니까 그들의 세상에 대한 시각과 세상을 살아가는 방식은 보통 비난의 대상이 된다. 사실 어느 정도 강렬하고 밀도 높은 삶에는 부당함이 수반되기 마련이다. 여기 이 국민들은 과거도 전통도 없으나, 그렇다고 시(詩)도 없는 것은 아니다. 내가 가치를 잘 아는 그 시는 거칠고, 관능적이며, 부드러움과는 거리가 멀다. 그들의 부드러운 하늘과도 거리가 먼 그 시는, 사실 나를 유일하게 감동시키고 집중하게 하는 시이다. 그들은 문명화된 국민들과 달리, 창조적인 국민이다. 해변에 느

2 이 장의 맨 뒤에 덧붙이는 '노트'를 참조하라.(원주)

긋하게 널브러진 저 야만인들, 나는 어쩌면 그들이 인간의 위대함이 마침내 자신의 진짜 얼굴을 찾아낸 어떤 문화의 모습을 무심결에 다듬는 중일지도 모른다는 엉뚱한 기대를 품게 된다. 자신들의 현재에 온전히 던져진 그 민족은 신화도 위안도 없이 살아간다. 모든 행복을 땅에 걸었기에 그 순간부터 죽음에 대해 무방비 상태로 살아간다. 육체적 아름다움의 수혜는 넘치게 입었다. 그 수혜와 더불어, 미래 없는 풍요에 동반되는 특별한 탐욕도 넘친다. 이곳에서 사람들이 하는 모든 행동과 말은 안정에 대한 혐오와 미래에 대한 무사안일의 표시이다. 사람들은 서둘러 인생을 해치운다. 혹여 이곳에서 예술이 탄생한다면, 이 영속성에 대한 혐오가 동력이리라. 이 영속성에 대한 혐오는 고대 그리스의 도리아인들로 하여금 나무를 깎아서 훗날 도리아 양식의 특징이 된 첫 기둥들을 만들게 한 동력이기도 하다. 그럼에도 인정한다, 이 국민의 거칠고 악착스러운 얼굴에서, 다정함이라고는 없는 이곳의 여름 하늘에서, 넘치는 풍요와 동시에 절도를 발견할 수 있다는 것을. 그 하늘 앞에선 어떤 진실이든 이야기해도 무방하고, 그 하늘엔 어떤 기만적인 신도 희망이나 구원의 표식을 남기지 못한다. 그 하늘과 그 하늘을 향해 치켜든 얼굴 사이엔 신화라든가 문학, 윤리학, 종교의 자리는 어디에도 없고, 오직 돌, 육체, 별들과 함께 손으로 만질 수 있는 진실만이 있을 뿐이다.

땅과 맺은 인연과 몇몇 사람들에 대해 사랑을 느끼는 것, 언제든 마음이 조화로울 수 있는 장소가 있음을 아는 것, 이것만으로도 이미 한 인간의 삶 전체를 위해 필요한 확신들은 넉넉하다. 어쩌면 충분치 않을 수도 있다. 하지만 어느 순간엔 모두가 영혼의 고향을 갈망한다. "그래, 우리가 돌아가야 할 곳은 바로 저기야." 플로티노스[3]가 바랐던 일체성을 지상에서 이루려 한들 이상할 게 무엇이란 말인가? 여기서의 일체성은 태양과 바다로 표현된다. 그것은 씁쓸함과 위대함으로 이루어진 어떤 육체적 맛으로 마음에 가 닿는다. 나는 초인적인 행복이란 없고, 하루의 흐름 이외에 영원한 건 없음을 깨닫는다. 부질없으나 핵심적인 이 행복, 이 상대적 진실만이 오직 나를 감동시킨다. 그 밖의 것들, 그러니까 '이상적인 것들'을 이해하기엔 내 영혼으로 역부족이다. 바보처럼 굴어야 해서가 아니라 천사들의 행복에서 의미를 찾지 못하기 때문이다. 나는 오직 이 하늘이 나보다 더 오래 지속되리라는 것만을 안다. 내가 죽은 뒤에도 계속되는 것, 그것이 아니라면 대체 무엇을 영원이라 부르겠는가? 나는 여기서 자신의 조건 속에서 안주하는 피조물의 자기만족을 표현하는 것이 아니다. 그건 분명 다른 것이다. 인간이 되는 것은 늘 쉽지 않다. 순수한 인간이 되는 것은 더더욱 쉽지 않다. 순수하다는 것은 세계와의 동질성이 두드러지게 되는 영혼의 고향, 피의 파동이 오후 2시의 태양의 거센 맥박과 일치하는 영혼의 고향을 되찾는 것이다. 잃어버리는 순간 비로소 알아보게 되는 것이 고향이라는 것은 잘 알려진 사실이다. 자기 자신 때문에 지나치게 고통받는 이들에게 고향은 그들을 부정하는 곳이다. 이 말이 거칠거나 과하게 들리지 않았으면 한다. 결국 이 삶에서 나를 부정하는 것은, 무엇보다 나를 죽이는 것이다.

---

3 고대 그리스 후기 철학자, 그의 사상을 담은 『엔네아데스』에서 신은 일(one), 정신, 영혼의 일체성 원리로 존재한다고 주장했다.

삶을 고양시키는 모든 것은 동시에 부조리도 증대시킨다. 알제의 여름 속에서 나는 고통보다 더 비극적인 단 한 가지가 있고, 그것은 바로 행복한 사람의 삶이라는 것을 깨우친다. 하지만 그것은 또한 더 위대한 삶의 길일 수도 있다. 기만하지 않도록 이끌어 주니 말이다.

실제로 많은 사람들이 사랑 자체를 회피하기 위해 삶을 사랑하는 체한다. 즐기려고 노력하고, '경험을 쌓으려고' 노력한다. 하지만 그것은 고매한 정신의 관점이다. 쾌락주의자가 되려면 흔치 않은 자질이 있어야만 한다. 인간의 삶은 고매한 정신의 도움 없이 후퇴와 전진을 반복하면서, 고독과 동시에 존재들의 상호작용을 통해 완성된다. 일을 해서 아내와 자식들을 부양하면서 대개는 아무 불평 없는 저 벨쿠르 사람들을 보노라면, 슬그머니 부끄러운 기분이 들 수도 있을 것이다. 분명 내가 착각하는 것이 아니다. 그 삶들엔 사랑이 많지 않다. 아니, 이제 더는 사랑이 많지 않다고 말해야 할 것이다. 하지만 그 삶들은 적어도 아무것도 회피하지 않았다. 내가 결코 이해할 수 없는 단어들이 있는데 가령 죄란 단어가 그렇다. 그럼에도 나는 그 사람들이 삶을 거스르는 죄를 짓지 않았다는 것을 알 것 같다. 왜냐하면 삶을 거스르는 죄라는 건, 아마도 삶에 몹시 절망하는 것이라기보다는, 다른 삶을 바라고 현생의 준엄한 위대함을 회피하는 것일 테니 말이다. 그 사람들은 속임수를 쓰지 않았다. 그들은 여름의 신들이다. 스무 살의 그들은 삶에 대한 열정으로 여름의 신이었고, 모든 희망을 잃은 지금도 여전히 여름의 신이다. 나는 그들 중 두 사람이 죽는 것을 보았다. 그 두 사람은 공포로 가득 찼지만 말이 없었다. 차라리 그편이 낫다. 인류의 죄악이 우글거리는 판도라의 상자에서 그리스인들은 모든 악을 쏟아낸 후 그중에서도 가장 끔찍한 악인 희망을 꺼내 들었다. 나는 이보다 더 감동적인 상징을 알지 못한다. 왜냐하면 희망은 통념과 달리, 체념과 동격이기 때문이다. 산다는 것은 스스로 체념하지 않는 것이다.

이것은 적어도 알제의 여름이 주는 엄중한 교훈이다. 하지만 이미 계절은 흔들리고 여름이 기운다. 숱한 폭력과 경직 끝에, 9월의 첫 비가 내린다. 마치 며칠 새 이 고장에 부드러움이 스며든 듯, 해방된 대지의 첫 눈물 같은 비다. 같은 시기에 캐롭나무가 알제리 전역에 사랑의 향기를 퍼뜨린다. 저녁이나 비가 내린 뒤에, 쌉싸름한 아몬드 향 정액으로 배를 적신 대지 전체가 여름 내내 태양에 바쳤던 몸을 쉬게 하고 휴식한다. 이제 이 냄새는 다시 인간과 대지의 결혼을 축복하고, 우리에게 이 세상에서 진정으로 생생한 단 하나의 사랑을 일깨운다. 끝내는 스러질 것이나 너그러운 사랑을.

노트

바벨우에드에서 들은 이 난투극 이야기를 '순박한 냉소주의'의 일례로 토씨 하나 빠뜨리지 않고 소개한다. (이야기를 들려준 사람은 늘 뮈제트[4]의 작중 인물인 카가유처럼 말하지는 않는다. 당연하다. 카가유의 언어는 대개 문학, 그러니까 재구성된 언어이기 때문이다. '부랑자들의 세계'라고 노상 은어로 말하진 않는다. 그들은 은어 단어들을 사용하는 것뿐이고, 그 둘은 다르다. 알제 사람들도 특유의 어휘와 특수한 구문을 사용한다. 하지만 그들이 창조한 이 말들은 프랑스어 사이에 섞여 있을 때 맛이 살아난다.)

코코가 거기 한 발 앞으로 나가더니 "진정해, 좀 진정하라고" 이러는 거라. 상대가 거기 받아쳤지. "뭘?" 코코가 거기 대답했어. "내가 널 칠 수도 있거든." "날? 니가 날 쳐?" 상대가 거기 손을 뒤로 쓱 가져가는데 고저 시늉만 한 거라. 코코가 거기 경고했어. "손 뒤로 가져가지 마, 안 그랬다간 내가 먼저 바로 6.35 구경 총 맛을 보여줄라니까. 거기 그걸로 안 끝나, 어림없지, 그러고도 어쨌든 처맞는 건 또 처맞는 거야."

위협이 통했는지 놈이 손을 뒤로 가져가지 않았어. 코코가 거기 거냥 딱 한 방만 먹인 거라. 두 방도 아니고 딱 한 방. 상대가 거기 땅에 자빠지더니 "악, 악"거리네. 그 바람에 사람들이 모여들고 싸움판

---

4 19세기 알제리 작가. 사회풍자물인 카가유 시리즈로 선풍적인 인기를 끌었다. 거침없는 말투로 바른 말을 속 시원히 하는 거리의 부랑자 카가유의 여러 모험을 담았다.

이 벌어진 거라. 한 놈이 코코한테 다가들더니, 바로 두 놈, 세 놈 더 달려 붙네. 내가 거기 한마디 했어. "어이, 니들, 내 동생 치기만 해?"

"누가 니 동생이야?" "친동생은 아니라도, 친동생이나 마찬가지거든." 그러면서 내가 냅다 한 방 먹였어. 코코도 거기 달려들어 한 방 날리고, 나도 날리고, 뤼시엥도 날렸지. 나도 한 방 먹고, 박치기로도 먹고. "퍽, 퍽." 거기 경찰들이 왔어. 우리한테 그 뭐야, 쇠고랑을 채우는 거라. 으떻게 낯이 뜨뜻한지. 그 꼴로 바벨우에드를 죄 휘젓고 다닌거라. 그 뭐야, '젠틀맨스 바' 앞에 친구들이랑 여자애들이랑 죽 나와 있네. 으떻게 낯이 뜨뜻한지, 거기 나중에 뤼시엥 아버지가 오더니 우리한테 이죽거리는 거라. "잘들 했다."

사막

장 그르니에[1]에게

1 프랑스의 철학자, 에세이스트. 카뮈의 고등학교 철학교사였고, 이후 카뮈의 인생에 지대한 영향을 끼치며 교류하였다.

산다는 것은 확실히, 표현하는 것과는 다소 상반된다. 토스카나파[1] 거장들에 따르면 그것은 세 번에 걸쳐, 즉 침묵, 불꽃, 부동 상태 속에서 증언하는 것을 뜻한다.

토스카나파 화가들의 그림 속 인물들이 실은 피렌체나 피사의 거리에서 매일 마주치는 사람들이라는 사실을 깨닫기까지는 오랜 시간이 걸린다. 하기야 우리는 언젠가부터 주위 사람들의 진정한 얼굴을 볼 줄 모르게 되었다. 우리는 이제 우리의 동시대인들에게 더는 눈길을 돌리지 않는다. 그저 그들에게서 우리의 행동 방침에 유용한 방향성이나 규칙을 찾는 데만 급급할 뿐이다. 우리가 그들의 얼굴에서 선호하는 건 더할 수 없이 닳고 닳은 시(詩)이다. 하지만 조토나

1 중세 이탈리아 토스카나 지방에서 활동하던 화가들을 총칭한다. 기존의 비잔틴 양식을 계승하면서도 다양한 색채 사용, 조형미 중시, 인물의 자연스러운 자세와 풍부한 감정 묘사로 사실적인 화풍을 전개하였으며 르네상스 미술에 영향을 끼쳤다. 대표적인 화가로는 (이 글에서 거론되는) 조토, 피에로 델라 프란체스카, 지오티노, 치마부에 등이 있다.

피에로 델라 프란체스카 같은 거장들, 그들은 인간의 감정이 하잘것없다는 것을 간파하고 있다. 사실 마음쯤이야 누구에게나 있다. 하지만 삶에 대한 사랑이 근간이 되는 단순하면서도 영원하고 원대한 감정들, 그러니까 증오, 사랑, 눈물, 기쁨은 인간 속 깊은 곳에서 자라나 그의 운명의 얼굴을 빚는다. 이를테면 지오티노의 그림 <매장>에서, 그리스도를 매장하기 전에 죽은 아들을 품에 안은 성모마리아의 이를 악문 고통 같은 것 말이다. 토스카나 성당들의 거대한 마에스타[2]들속에서 집단으로 등장하는 천사들의 얼굴은 무한 복사라도 한 듯 천편일률적이지만 나는 이 묵묵하면서도 열정적인 각각의 얼굴들에서 고독을 감지한다.

이 그림들의 진정한 목표는 바로 생생한 시각적 아름다움과 성서의 일화 구현, 미묘하고 섬세한 감정 표현, 그리고 감동이다. 그야말로 시(詩)인 것이다. 그러나 중요한 건 진실이다. 나는 오래 지속되는 모든 것을 진실이라 부른다. 그런 측면에서 오직 화가들만이 우리의 허기를 채워줄 수 있다는 사실은 곱씹어 볼 어떤 교훈을 시사한다. 화가들은 육체의 소설가가 되는 특권을 누리기 때문이고, 현재라는 탁월하고 덧없는 재료로 작업하기 때문이다. 그리고 이 현재는 늘 제스처를 통해 드러난다. 화가들은 미소나 일시적인 수줍음, 또는 후회나 기대를 그리는 것이 아니라, 광대가 불거지고 피가 몰려 뜨거워진 얼굴을 그린다. 그들은 영원한 선으로 고정된 그 얼굴들에서 희망이라는 대가를 치르는 것으로 영혼의 저주를 깨끗이 지워버렸다. 육

2 성모마리아를 기리기 위해 제작된 대형 제단화.

체는 희망을 모르기 때문이다. 육체는 피의 박동만을 알 뿐이다. 육체에만 한정된 영원은 무심함으로 이루어진다. 피에로 델라 프란체스카의 그림 <그리스도의 태형>이 그 예시다. 이제 막 깨끗하게 청소된 재판정에서 매질 당하는 그리스도나 사지가 우람한 형 집행자는 똑같이 무심한 태도로 우리의 놀라움을 자아낸다. 그들이 초연할 수 있는 이유는 매질이 다음 단계로 이어지지 않기 때문이다. 그림이 전하는 바는 캔버스의 틀 안에 머문다. 내일을 기대하지 않는 자가 동요할 이유가 무엇이겠는가? 그 평정심, 희망을 품지 않는 인간의 그 위대함, 그 영원한 현재, 현명한 신학자들이 지옥이라고 불렀던 것이 정확히 이것이다. 지옥은 다들 아는 것처럼, 고통받는 육체이기도 하다. 토스카나파 화가들이 주목한 것은 바로 이 육체이지 육체의 운명이 아니다. 예언적인 그림이란 없다. 희망을 품을 이유를 찾을 곳은 미술관이 아니다.

사실 수많은 지적인 사람들은 영혼의 불멸성에 관심을 갖는다. 그런데 그것은 그들이 자신에게 주어진 유일한 진실인 육체를 그 진수까지 소진해 보기도 전에 거부하기 때문이다. 왜냐하면 육체가 그들에게 아무 문제도 제기하지 않거나, 적어도 그들이 육체가 제안하는 단 한 가지 해답을 알고 있기 때문이다. 그 해답이란 육체는 썩어 없어질 것이란 사실이다. 그렇기에 그들은 이 씁쓸함과 고결함의 양상을 띤 진실을 감히 마주할 엄두를 내지 못한다. 그래서 지적인 사람들은 차라리 시를 선호한다. 시는 영혼의 문제이기 때문이다. 이쯤이면 내가 말장난을 하고 있다고 느낄 수 있다. 하지만 내가 오직 보다 높은 차원의 시만을 진실로서 인정하고 싶어 한다는 것 또한 이

해할 것이다. 그 찬란함과 빛을 통해 존재하지도 않는 신에 대해 끊임없이 속삭이는 대지에 내던져진 인간의 명징한 저항처럼, 치마부에부터 프란체스카에 이르는 이탈리아 화가들이 높이 들어 올렸던 저 검은 불꽃같은 시 말이다.

토스카나 화가들이 그린 그림 속 얼굴들은 초연하고 무심한 나머지, 풍경의 광물성 위대함에 이른다. 일부 스페인 농부들이 그들의 땅에서 자라는 올리브나무들과 닮아있는 것처럼, 영혼 따위가 웅숭그릴 극히 작은 그늘 한 점 허용하지 않는 조토의 그림 속 얼굴들도 토스카나가 아낌없이 제공하는 유일한 교훈을 통해 토스카나 그 자체와 합일하기에 이른다. 그 교훈이란 바로 감정을 뿌리친 열정의 수련, 금욕과 쾌락의 혼합, 재앙과 사랑의 중간 지점에서 인간도 자연처럼 스스로를 규정하게 하는, 인간과 대지의 공명이다. 가슴으로 확신하는 진실은 그다지 많지 않다. 어스름이 피렌체 들판의 포도밭과 올리브나무들을 조용하고 커다란 슬픔으로 물들이기 시작한 어느 저녁, 나는 그 사실이 자명하다는 것을 알았다. 하지만 이 고장의 슬픔은 아름다움에 대한 또 다른 해석일 뿐이다. 저녁 공기를 가르며 달리는 기차 안에서 나는 내 안의 무언가가 풀리는 것을 느꼈다. 오늘 슬픔의 얼굴을 하고 있는 이것이 그럼에도 행복이라는 걸 어떻게 부정할 수 있겠는가?

그렇다, 이탈리아는 본토 사람들이 묘사해보인 교훈을, 풍경으로도 아낌없이 드러낸다. 하지만 행복은 늘 과분한 것이기에 놓치기 쉬운 법이다. 이탈리아도 마찬가지다. 이탈리아의 우아함은 갑작스럽게 나타나긴 해도 즉각적으로 느껴지진 않는다. 이탈리아만큼 첫 순간에 이미 모든 걸 누린 듯한 경험을 심화하도록 이끄는 나라는 없다. 진실을 보다 잘 감추기 위해서 우선 시를 남발하기 때문이다. 이탈리아의 첫 마법은 망각의 의식들이다. 모나코의 협죽도들, 꽃향기와 생선 냄새로 가득한 제노바, 리구리아 해안의 푸른 저녁이 그것이다. 그리고 마침내 피사. 피사와 함께 리비에라 연안 지역의 다소 껄렁한 매력을 잃어버린 이탈리아. 하지만 여전히 자유롭다. 그 관능적인 우아함을 얼마간 즐기지 않을 이유가 무엇인가. 더구나 이곳에 있는 동안 나는 아무 제약도 받지 않으니(할인된 기차표 탓에 일정 기간 동안 '내가 선택한' 도시에 꼼짝 없이 머물러야 하기에 여행자의 쫓기는 즐거움을 맛볼 수 없게 되었다), 이 도시에 떨어진 첫날 저녁에 나는 사랑하고 이해할 인내심을 무한대로 발휘할 수 있을 것 같은 기분이었다. 피곤하고 허기진 채로 피사에 들어서니 기차역 앞 대로에서, 젊은이들이 대부분인 군중을 향해 사랑 노래를 쏟아내는 열 대의 확성기가 고막을 찢을 듯 요란하게 날 맞는다. 나는 내가 기대하는 것이 무엇인지 이미 알고 있었다. 그것은 이 생의 약동 뒤에 찾아올 특별한 순간이리라. 카페들이 문을 닫고 돌연 침묵이 거리를 다시 점령하면, 나는 짧고 어둑한 골목길들을 지나 시내로 갈 것이다. 조명을 받아 황금빛으로 반짝이는 검은 아르노 강물, 노란색과 초록색 불빛으로 반짝이는 기념건축물들, 인적이 끊긴 도시. 밤 열 시의 피사를 침묵과 물과 돌들의 기이한 무대로 변신시킨 그토록 급작스럽고 노련한 이 마법을 어떻게 묘사할까. "그때도 이런 밤이었어, 제시카!" 이 독보적인 무대에 셰익스피어 희곡 속 연인들의 목소리로 등장하는 신들이라니…… 꿈이 우리에게 손을 내밀면 우리도 다가갈

줄 알아야 하는 법. 사람들을 이곳에 오게 하는 보다 내밀한 노래, 이탈리아의 깊은 밤 속에서 첫 화음들이 이미 내 귀에 느껴지는 듯하다. 내일, 오직 내일이 되어서야 비로소 들판은 아침 햇빛 속에서 점차로 모습을 드러낼 것이다. 하지만 오늘 밤, 나는 여기서 신들 중의 신이 되어 '사랑에 달뜬 발걸음으로' 도망치는 제시카 앞에서, 나의 목소리를 로렌조의 목소리에 대입한다. 하지만 제시카는 핑계일 뿐, 로렌조의 그 사랑의 격정은 제시카를 넘어선 것이다. 그렇다, 나는 그렇게 믿는다. 로렌조는 제시카를 사랑한다기보다, 자신이 그녀를 사랑하도록 허락해 준 것을 고마워하는 것이다. 그런데 오늘 밤 왜 베니스의 연인들[3]을 떠올리며, 베로나의 연인들[4]은 잊는단 말인가? 이곳의 어떤 것도 불행한 연인들을 귀애하게 하지 않기 때문이다. 사랑 때문에 죽는 것만큼 헛된 일은 없다. 기필코 살아야 하리라. 살아있는 로렌조가, 장미꽃 나무가 곁에 심어진 채 땅속에 묻힌 로미오보다 낫다. 그러니 살아있는 이 사랑의 축제 속에서 어떻게 춤추지 않을 수 있을까? 또한 오후엔 언제든 방문할 시간이 있는 기념 건축물들에 둘러싸인 두오모 광장의 바짝 깎은 잔디밭에서 어찌 낮잠을 자지 않을 것이며, 분수로 다가가 다소 미지근하지만 술술 넘어가는 물로 어찌 목을 축이지 않을 것이며, 오뚝한 콧날과 자신만만한 입술로 깔깔거리던 그 여인의 얼굴을 어찌 한 번 더 보러 가지 않을 수 있단 말인가. 다만 이 입문은 한 차원 더 높은 계시의 준비임

---

3 『베니스의 상인』에 등장하는 제시카와 로렌조를 의미하므로, '베네치아' 대신 제목의 영어 지명 '베니스'를 사용했다.

4 『로미오와 줄리엣』

을 이해해야 한다. 그것은 디오니시아[5]의 신도들을 엘레우시스로 이끄는 찬란한 행렬과도 같다. 인간은 기쁨 속에서 계시의 교훈을 준비하고, 도취 상태가 최고조에 이르면, 육체가 자각하여 검은 피로 상징되는 신성한 신비주의 교의 축성을 받는다. 처음 접한 이탈리아에 대한 열광 속에서 길어 올린 자기 망각, 이것이 우리를 희망에서 해방시키고, 우리의 역사에서 우리를 빼내는 교훈을 준비한다. 그러니 우리가 유일하게 기다렸던, 우리를 열광시키는 동시에 소멸하고 말 행복을 움켜쥐듯이 육체와 순간이라는 이중의 진실, 그 아름다움의 장관에 어떻게 매달리지 않을 수 있겠는가.

가장 혐오스러운 유물론은 우리가 흔히 생각하는 유물론이 아니라, 우리에게 죽은 사상을 살아있는 현실로 믿게 하는 유물론, 우리 안에서 영원히 죽어 없어질 것에 대해 우리가 기울이는 집요하고도 명료한 관심을 불모의 신화로 돌리려는 유물론이다. 피렌체의 산티시마 안눈치아타 성당에 딸린 추모관에서 언뜻 절망감 같았으나 결국 분노에 지나지 않았던 무언가가 울컥 치밀었던 기억이 난다.

비가 내리던 날이었다. 나는 묘석과 봉헌물에 새겨진 글들을 읽었다. 이 사람은 다정한 아버지이자 충실한 남편이었고, 저 사람은 최고의 배우자인 동시에 철두철미한 상인이었다. 여기 모든 미덕을 겸비한 이 젊은 여성은 프랑스어를 '모국어처럼 si come il nativo' 구사했고, 저기 젊은 여성은 가족의 모든 희망이었으나 '땅 위의 기쁨이

5 디오니소스를 숭배하는 의식인 디오니소스 제전을 뜻한다. 디오니소스는 엘레우시스의 신비의식에서 데메테르 여신과 함께 핵심적인 역할을 맡았다.

요 순례자였다 ma la gioia è pellegrina sulla terra'. 나로서는 그 중 어느 것도 마음에 와닿지 않았다. 묘비명에 따르면 거의 모두가 죽음을 체념하고 있었는데, 아마 그들이 또 다른 의무를 받아들였기 때문이리라. 오늘날은 어린 아이들이 추모관을 점령하여, 망자들의 덕을 영원히 기리고자 설치한 묘석에서 왁자하게 등 타넘기 놀이를 하고 있었다.

밤이 찾아왔다. 나는 바닥에 주저앉아 기둥에 등을 기댔다. 사제 한 명이 지나가며 내게 미소를 지어 보였다. 성당에서 파이프오르간 연주 소리가 은은하게 울려나왔다. 그 따뜻한 음색이 이따금 아이들의 외침 소리에 묻혔다가 다시 나타나곤 했다. 홀로 기둥에 기대어 앉은 나는 누군가에게 목이 졸려 단말마처럼 자신의 신념을 외치는 사람이 된 듯한 기분에 휩싸였다. 내 안의 모든 것이 그와 같은 체념에 반항하고 있었다. '그래야만 돼', 묘비명들이 일제히 종용했다. 하지만 천만에, 나의 반항은 옳았다. 길 위의 순례자처럼 오직 앞만 보면서 초연하게 제 길을 가는 기쁨, 그 기쁨을 한 발 한 발 뒤따라야 했다. 그 밖의 것에 대해서는 나는 '아니야'라고 외쳤다. 있는 힘껏 '아니야'라고 외쳤다. 묘석들이 내게 그래봤자 소용없고 인생은 '해와 함께 떠올라 해와 함께 기운다 col sol levante, col sol cadente'고 알려주었다. 하지만 나는 지금까지도 그 무용함이 내 반항에 어떤 손실이 되었는지 알지 못하고, 외려 보탬이 되었다고 느낄 뿐이다.

어쨌든 내가 하고 싶었던 말은 그런 것이 아니다. 나는 그저 그날 나의 반항 한가운데서 느꼈던 진실에 한층 더 다가가고 싶었을 뿐이다. 내 반항 또한 그 진실의 연장선에 지나지 않았다. 산타 마리아

노벨라 수도원에 뒤늦게 피어난 작은 장미꽃들부터, 피렌체에서 일요일 아침에 마주친, 얇은 원피스 속에서 두 가슴이 자유로이 물결치고 입술이 촉촉했던 여인들에 이르기까지의 진실 말이다. 그 일요일, 매 성당 모퉁이에는 물방울이 알알이 맺힌 탐스럽고 눈부신 꽃들이 진열되었는데, 나는 거기서 어떤 보상과 동시에 일종의 '순진성'을 보았다. 그 꽃들에게도 저 여인들과 마찬가지로 후덕한 풍만함이 있었고, 내게는 둘 중 하나를 욕망하는 것이 다른 하나를 탐하는 것과 별반 다르지 않게 여겨졌다. 똑같이 순수한 마음이면 충분했다. 인간이 자신의 마음이 순수하다고 느끼는 건 흔히 있는 일은 아니다. 하지만 적어도 그런 순간이 왔을 때 인간의 의무란 자신을 그토록 특별하게 정화시킨 것을 진실이라고 불러야 한다는 것이다. 비록 다른 이들에게는 그 진실이 불경스럽게 보일지라도 말이다. 어느 날의 내 생각이 그 경우이다.

피렌체 근교 피에솔레에 위치한 프란체스코회 수도원에 들러 월계수 향기를 흠뻑 맡으며 오전 시간을 보낸 날이었다. 나는 붉은 꽃들과 태양, 노란색과 검정색 무늬의 벌 떼들로 터져나갈 듯한 작은 마당에 오래도록 머물렀다. 마당 한구석엔 초록색 물뿌리개가 놓여 있었다. 이곳으로 건너오기 전에는 수도승들의 방에 가서 책상마다 놓인 해골을 보았는데, 이제는 이 정원이 그들이 받는 영감을 증언하고 있었다. 나는 즐비한 실편백나무들이 한눈에 펼쳐진 도시를 굽어보는 언덕을 따라 피렌체로 돌아오던 중이었다. 내게는 세계의 저 찬란함, 저 여성들과 꽃들이 수도승들을 정당화해 주고 있는 것처럼 보였다. 이 정당화가 빈곤의 극단은 늘 세계의 풍요며 호사와 맞닿아 있기 마련이라는 것을 아는 모든 사람들에게도 적용된다는 확신은 없었다. 수도원의 돌기둥과 꽃들 사이에 갇혀 지내는 저 프란체스코회 수도승들의 삶과 알제의 파도바니 해변에서 일 년 내내 태양을 만끽하는 저 젊은이들의 삶에서, 나는 어떤 공통된 울림을 느꼈다. 옷이든 세속이든 그들이 벗는 건, 더 위대한 삶(또 다른 삶이 아니라)을 위한 것이다. 그것은 적어도 '없다'라는 단어의 사용이 유일하게 가치 있는 경우다. 벌거벗는다는 것은 늘 육체적 자유의 의미를, 손과 꽃들의 화합 - 인간의 본성에서 해방된 인간과 땅이 맺은 사랑의 동맹 - 을 담고 있다. 오! 이것이 아직도 내 종교가 아니라면 나는 당장 개종하리라. 아니, 이것은 신성모독이 될 수 없다. 마찬가지로 조토의 그림 속 프란체스코회 성인들의 내적 미소가 행복에 취미가 있는 이들을 정당화한다고 말하는 것 또한 신성모독이 될 수 없다. 왜냐하면 신화는 종교에 대해, 시가 진실에 대해 그러하듯 삶에 대한 열정 위에 덧씌워진 우스꽝스러운 가면일 뿐이니까.

한 발 더 나아가보자. 피에솔레에서 빨간 꽃들을 코앞에 두고 사는 똑같은 사람들이 각자의 방에선 해골을 앞에 두고 명상의 자양분으로 삼고 있다. 그들의 창엔 피렌체가, 그들의 책상엔 죽음이 놓인 것이다. 절망이 어느 정도 연속되면 그 속에서 기쁨이 피어날 수도 있다. 삶의 온도가 일정 수준에 도달하면 영혼과 피가 섞여, 모순에도 편안해지고 신앙과 의무에도 무심해진다. 그러니 어느 거침없는 손길이 자신의 별난 명예 관념을 피사의 담벼락에 다음과 같이 요약했다한들 더는 놀랍지도 않다. <나 알베르토는 내 누이와 사랑을 나누었다 Alberto fa l'amore con la mia sorella> 이탈리아가 근친상간의 땅이라거나, 보다 명확하게는 최소한 근친상간을 고백하는 땅이라는 것이 더는 놀랍지 않다. 왜냐하면 아름다움에서 불멸로 향하는 길은 험난하지만, 확실하기 때문이다. 지성은 아름다움 속에 빠져 허무의 식사를 한다. 위대함에 목이 메는 저 풍경 앞에서 인간의 생각 하나하나는 인간을 점차로 지워나간다. 그렇게 곧 무수한 억압적인 신념들에 의해 부정당하고, 가려지고, 다시 가려지고, 흐릿해진 인간은 이제 세계 앞에서 수동적인 진실만을 알 뿐인 형체도 불분명한 이 작은 점, 혹은 그것의 색깔, 혹은 그것의 태양에 불과해진다. 그토록 순수한 풍경은 영혼을 메마르게 하고, 그 아름다움은 견디기 힘들다. 돌과 하늘과 물의 복음서엔 아무것도 부활하지 않는다고 정해져 있다. 이제 가슴 속 깊은 곳에 있는 이 찬란한 사막에서 이 고장 사람들에게 유혹이 시작된다. 혹여 고귀한 정신의 사람들이 그 고결한 스펙터클 앞에서 아름다움의 희박한 공기를 마시며, 위대함과 선의가 결합될 수 있다는 것에 설득되지 않는다 한들 무엇이 놀랍겠는가? 지성을 완성시킬 신을 갖지 못한 지성은, 지성을 부정하면서 신을 찾는다. 역사상 가장 타락한 교황으로 유명한 로드리고 보르자 교황(알렉산드르 6세)은 바티칸에 당도하여 외친다. “이제 신께서 우리에게 교황권을 주셨으니, 서둘러 누려볼지어다.” 그리고 말대로 행했다. ‘서둘러’라니, 그야말로 적절한 표현이다. 그 말에선 이미 충족된 인간들 특유의 절망이 느껴진다.

어쩌면 내가 착각하는 것일지도 모른다. 왜냐하면 어쨌든 나는 피렌체에서 행복했고, 나 이전에 숱한 다른 사람들도 그러했기 때문이다. 한 존재와 삶 사이의 단순한 일치가 행복이 아니라면 대체 무엇을 행복이라 부른단 말인가? 또한 장수하고 싶은 욕망과 죽을 운명에 대한 이중의 자각이 아니라면 대체 어떤 조화가 더 온당하게 인간과 삶을 이어줄 수 있단 말인가? 여기서 우리는 적어도 아무것에도 기대지 말아야 한다는 것과 오직 현재만을 우리에게 '덤으로' 주어진 유일한 진실로서 간주할 수 있다는 것을 배운다. 이런 말이 들리는 듯하다. 이탈리아, 지중해 등 고대의 땅들은 인간을 척도로 건설된 거잖아. 하지만 그곳이 어디란 말인가? 내게 길을 가르쳐 달라. 내가 나의 척도와 만족을 찾기 위해 두 눈을 부릅뜨도록 내버려 두란 말이다! 아니, 그럴 것도 없이 눈에 보인다. 피에솔레, 제밀라, 그리고 햇빛을 받고 있는 항구들이. 인간의 척도? 침묵과 죽은 돌들. 그 밖의 모든 것은 역사의 것이다.

하지만 여기서 그쳐선 안 된다. 왜냐하면 행복이 낙관주의와 꼭 불가분의 관계란 법은 없으니 말이다. 행복은 사랑과 연결되어 있다 - 사랑은 낙관주의와는 다르다. 행복 그 자체보다 행복의 약속을 선호하게 될 만큼, 행복이 쓰라리게 느껴질 시간과 장소를 나는 안다. 하지만 그건 그 시간과 장소에서 내가 사랑할 마음이, 그러니까 체념하지 않을 마음이 충분하지 않았기 때문이기도 하다. 여기서 말해야 하는 것은 대지와 아름다움이 펼치는 축제 속으로 인간이 들어간다는 것이다. 왜냐하면 그곳에 입장하는 순간 인간은 새 신도가 마지막 베일을 벗듯, 신 앞에서 티끌 하나 남김없이 개인을 포기하기 때문이다. 그렇다, 행복을 하잘것없어 보이게 하는 더 높은 행복이 있다. 피렌체에서 나는 보볼리 공원의 가장 높은 곳, 올리브나무 언덕과 지평선까지 뻗은 도시의 고지대들이 조망되는 난간까지 올라갔다. 언덕마다 서 있는 올리브나무들이 가느다란 연기처럼 뿌옇게 보였고, 이 올리브나무들이 이룬 옅은 안개를 배경으로 실편백나무들이 물줄기처럼 뚜렷이 솟아올라 가까이 있는 것들은 초록색으로 멀리 있는 것들은 검은색으로 보였다. 짙푸른 하늘엔 뭉실한 구름들이 얼룩을 만들었다. 오후가 끝나감에 따라 햇빛이 은색으로 변하면서 사위가 고요해졌다. 언덕 꼭대기들이 구름 속에 잠겼다. 미풍이 불어와 얼굴을 스치는 것이 느껴졌다. 미풍과 함께 언덕들 뒤로 커튼이 열리듯 구름이 흩어졌다. 그와 동시에 언덕 꼭대기의 실편백나무들이 돌연 드러난 하늘의 푸르름 속에서 단번에 우뚝 자라난 듯 보였다. 이 나무들과 함께 돌과 올리브나무들이 어우러진 풍경 전체, 모든 언덕들이 서서히 높아졌다. 또 다른 구름들이 몰려왔다. 커튼이 닫혔다. 언덕들이 꼭대기의 실편백나무들과 집들과 함께 다시 낮아졌다. 이윽고 또다시 - 저 멀리 점점 희미해지면서 사라지는 다른 언덕들 위로 - 여기선 구름 커튼의 빽빽한 주름들을 열어젖혔던 미풍이 저기선 주름들을 다시 촘촘히 닫고 있었다. 세계의 이 커다란 호흡 속에서 똑같은 미풍이 몇 초 간격으로 다시 불어왔고, 돌과 공기의 테마를 변주하는 세계 차원의 푸가를 점점 더 드문드문 되풀이했다. 연주가 거듭되면서 테마가 한 음씩 낮아졌다. 조금 멀리 떨어진 곳에서 그 연주를 들으며 나도 한결 차분해졌다. 마음을 건드리는 이 경치의 끝에 이르자, 대지 전체의 노래 같은 숨을 몰아쉬며 다 함께 몰려가는 저 언덕들의 탈주가 한 눈에 들어왔다.

수백만의 눈들이 이 풍경을 응시했다는 걸 안다. 내게는 이 풍경이 하늘의 첫 미소와 같았다. 나는 문자 그대로 혼비백산했다. 그 풍경은 내게 나의 사랑과 돌의 아름다운 외침 없이는 모든 것이 부질없다는 것을 확신하게 했다. 세계는 아름답고, 세계를 떠나서는 구원이란 없다. 세계가 내게 끈기 있게 가르쳐준 위대한 진실은 정신은 아무것도 아니고, 심지어 마음도 아무것도 아니라는 것이다. 태양이 따뜻하게 데운 돌, 혹은 돌연 파랗게 드러난 하늘에서 우뚝 커져 버린 실편백나무는 '옳다'는 말이 의미 있어지는 유일한 세계를 한정한다는 것 또한 가르쳐주었다. 바로 인간들이 없는 세계 말이다. 이 세계는 나를 없애 무(無)로 되돌린다. 나를 극한까지 밀어붙인다. 분노 없이 나를 부정한다. 피렌체의 들판에 내려앉는 이 저녁 속에서 나는 예지(叡智)를 향해 나아가고 있었다. 눈가에 눈물이 차오르지 않았던들, 내 안을 가득 채우는 걷잡을 수 없는 시적 흐느낌이 내게 세계의 진실을 잊게 하지 않았던들 이미 완전하게 성취되었을 그 예지를 향하여.

이제 이 흔들림에 대한 것으로 이야기를 마쳐야 하리라. 영혼이 도덕을 거부하고, 행복이 희망의 부재에서 탄생하며, 정신이 육체에서 근거를 찾는 오묘한 순간 말이다. 모든 진실에는 쓴맛이 섞여있다는 것이 사실이라면, 모든 부정에는 긍정의 씨앗이 움트고 있다는 것 또한 사실이다. 관조에서 자라난 희망 없는 사랑의 노래 또한 행동의 원칙을 가장 효과적으로 상징할 수 있다. 피에로 델라 프란체스카의 그림 <부활>에서 묘석 밖으로 나와 부활하는 예수의 시선은 인간의 시선이 아니다. 얼굴엔 어떤 행복의 기미도 그려져 있지 않다. 다만 완강하고 영혼 없는 위대함만이 깃들었는데, 나로서는 그것을 살려는 결단 외에 달리 해석할 도리가 없다. 현자도 백치와 마찬가지로 거의 말이 없다. 이 귀환은 나를 매혹시킨다.

그런데 나는 이 교훈을 이탈리아에서 얻은 것일까, 아니면 내 마음속에서 이끌어낸 것일까? 아마 내가 교훈을 깨달은 곳은 의심의 여지 없이 그곳일 것이다. 하지만 이탈리아가 다른 특혜 받은 장소들처럼, 어쨌든 내게 인간들이 죽기 마련인 곳의 아름다운 광경을 제공한 것 또한 사실이다. 그곳에서도 진리가 썩어 없어질 수밖에 없다니 이보다 무엇이 더 짜릿할까? 내가 진리를 원한다고 한들, 썩어 없어지지 않는 진리로 무엇을 한단 말인가? 그런 진리는 내 기준에 맞지 않는다. 혹여 그 진리를 사랑한다고 한들 가식이 될 것이다. 인간이 그의 삶을 이루는 것을 포기하는 것이 결코 절망 때문이 아님을 우리는 거의 이해하지 못한다. 충동과 절망은 인간을 다른 삶으로 이끌지만 그것은 오직 땅의 교훈에 대한 달뜬 애착을 남길 따름이다. 하지만 의식이 어느 정도 명징해지는 단계에 이르면, 인간은 마음이 닫히는 것을 느끼며 반항도 요구도 없이 이제껏 그가 삶이라 여겼던 것, 다시 말해 삶의 부대낌으로부터 등을 돌리기도 한다. 아르튀르 랭보가 단 한 줄의 시도 쓰지 못한 채 아비시니아[6]로 떠난 것은 모험심이나 작가 생활을 포기하려는 의도 때문이 아니라, '그냥 그렇게 되었기' 때문이고 의식 수준이 어느 경지에 이르면 이제껏 신념에 따라 이해하지 않으려 했던 것을 결국 받아들이게 되기 때문이다.

---

6 에티오피아의 옛 이름.

이제 이 이야기의 핵심은 어떤 사막에 대한 지도를 그려보려는 시도임이 느껴질 것이다. 하지만 이 오묘한 사막은 절대 갈증을 속이지 않고 그곳에서 살아갈 능력이 있는 이들에게만 감지된다. 그때서야, 오직 그때서야 비로소 이 사막엔 행복의 청량한 물이 넘쳐나게 될 것이다.

보볼리 공원에는 내 손이 닿는 곳에, 큼직한 황금빛 감들이 터진 껍질 틈으로 걸쭉한 과즙이 흐르는 채 매달려 있었다. 저 완만한 언덕들과 과즙이 꽉 찬 이 과일들 사이에서, 나를 세계와 일치시키는 은밀한 형제애와 내게 머리 위의 오렌지색 과육을 향해 손을 뻗치게 하는 이 허기 사이에서, 나는 일부 사람들을 금욕에서 쾌락으로, 관능의 박탈에서 관능의 풍요로 이끄는 흔들림을 포착했다. 나는 인간을 세계와 연결하는 이 관계, 세계가 행복을 완성하거나 파괴할 수 있는 정확한 한계에 이를 때까지 내 마음이 개입하여 행복을 받아 적을 수 있는, 서로를 비추는 이중의 거울 같은 이 관계에 경탄했고, 경탄한다. 피렌체여! 내 반항 한가운데엔 어떤 동의가 잠들어 있음을 내게 일깨워 준 유럽의 드문 도시들 중의 하나여! 눈물과 태양이 뒤섞인 피렌체의 하늘에서 나는 대지에 동의하고 그 축제의 어두운 불꽃 속에서 타오르는 법을 배웠다. 나는 깨달았지만…… 어떻게 얘기해야 할까? 어떤 터무니없는 말을? 사랑과 반항의 일치를 어떻게 시인해야 할까? 대지여! 신들에게 버림받은 이 황량하고 거대한 사원에서 나의 모든 우상들은 진흙 발을 하고 있으니.

여름

그러나 너는,

어느 맑은 날을 위해

태어났으니…

프리드리히 횔덜린『엠페도클레스의 죽음』

미노타우로스 혹은 오랑에서 잠시 휴식

피에르 갈랭도[1]에게

1 카뮈가 오랑에 머물 때 가장 좋아했던 친구 중 한 명으로, 그가 카뮈에게 들려준 실제 사건이 『이방인』의 모티브가 되었다.

이 에세이는 1939년에 쓰였다. 독자들은 오늘날의 오랑을 판단하기 위해 이 사실을 감안해야 할 것이다. 사실 이 아름다운 도시에서 빗발친 열렬한 항의는 내게는 그 모든 결함이 개선되었다는(혹은 될 거라는) 확인으로 읽힌다. 반면에 이 에세이에서 찬양된 아름다움은 부러우리만치 보존되었다. 이제 행복하고 현실적인 도시 오랑은 더는 작가들이 필요 없다. 이 도시는 관광객들을 기다린다. (1953)

사막이라곤 이제 없다. 섬들도 없다. 그런데도 아쉬움은 남는다. 세계를 이해하려면 때로는 다른 데로 시선을 돌려야 한다. 인간에게 더욱 헌신하려면 그들과 잠시 거리를 두어야 한다. 하지만 그런 힘을 얻는 데 필요한 고독은, 정신을 집중하고 용기를 가늠하기 위한 긴 호흡은 어디서 찾을 것인가? 대도시들이 남아 있기는 하다. 다만 거기에도 조건들이 전제된다.

유럽이 우리에게 제공하는 도시들은 과거의 소문으로 가득하다. 잘 훈련된 귀는 그 속에서 날갯짓의 파닥임을, 영혼의 박동을 알아들을 수 있다. 거기서는 수 세기에 걸친 혁명들의, 영광의 현기증이 느껴진다. 서구는 함성 속에서 단련되었다는 것이 상기된다. 그래서 이곳은 그다지 조용하지 않다.

파리는 많은 경우 가슴에 사막이 일지만, 어느 때는 페르 라셰즈 묘지 꼭대기에서 혁명의 바람이 불어와 깃발들과 패배한 위대함들로 그 사막을 순식간에 채운다. 스페인의 몇몇 도시들이나 피렌체,

프라하도 마찬가지다. 잘츠부르크는 모차르트만 없다면 고요할 것이다. 다만 지옥에 빠져드는 돈 후안의 거만하고 요란스런 비명이 잘차흐 강 위를 간간이 떠다닐 뿐이다. 도시들 중에서는 젊은 여자에 해당되는 빈은 보다 조용하다. 그곳의 돌들은 3세기를 넘지 않았고 그 젊음은 우울을 모른다. 하지만 빈은 역사의 교차로에 있다. 도시 주위로 제국들이 충돌하는 소리가 울려 퍼진다. 하늘이 피로 물드는 어느 저녁엔, 링[1]의 건축기념물들에 장식된 석재 말들이 날아오를 것만 같다. 모든 것이 권력과 역사에 대해 웅변하는 그 잠깐의 순간 동안, 폴란드 기병대의 기습에 오스만 제국이 와르르 무너지는 소리가 선명하게 들린다. 이곳 또한 그다지 조용하지 않다.

확실히, 사람들이 유럽의 도시에 찾으러 오는 건 바로 이 팽배한 고독이다. 적어도 자기의 할 일이 무엇인지 아는 사람들 말이다. 그들은 그곳에서 동반자들을 선택하고는 붙잡거나 놓아버린다. 얼마나 많은 영혼들이 호텔 방과 파리 생루이 섬의 오래된 돌들 사이를 전전하는 이 여행에 젖어 들었던가! 그곳에서 고립되어 죽어간 이들이 있는 것 또한 사실이다. 어쨌든 전자의 사람들, 그들은 거기서 성장과 자아 확립의 여지를 발견했다. 그들은 혼자이면서 혼자가 아니기도 했다. 수세기에 걸친 역사와 아름다움, 그 속을 지나온 숱한 삶들의 불꽃 같은 증언이 센 강을 따라 그들과 동행하며 전통과 동시에 정복에 관한 이야기를 들려주곤 했다. 하지만 그들에게 이 동행을 밀어붙인 건 그들의 젊음이다. 이 동행이 귀찮아지는 시간, 시기

1 빈 시내의 별칭. 반지처럼 동그랗다고 해서 붙여졌다.

는 오기 마련이다. "이제 우리 둘의 대결이야!" 라스티냑[2]은 거대한 부패의 온상인 파리 시내를 바라보며 외친다. 둘, 그렇다, 하지만 이것도 여전히 너무 많다!

사막 자체도 의미를 갖게 되었다. 거기에 시(詩)라는 짐이 잔뜩 지워졌기 때문이다. 세상의 모든 고통을 위한 곳으로 알려진 장소. 하지만 때로는 마음이 원하는 건, 그와 정반대로 시가 없는 장소들이다. 데카르트는 명상하기 위해서 자기만의 사막을 선택한다. 바로 당시에 상업적으로 가장 번성했던 도시를 말이다. 그는 거기서 고독을 발견하고, 우리의 용감한 시들 중에서도 아마 가장 위대한 시를 쓸 기회를 찾는다. 바로 이렇게. <첫 번째 (원칙)는 내가 확실하게 진실로 인식하지 않은 그 어떤 것도 진실로 받아들이지 않는 것이다[3]> 이보다 덜 야심차더라도 똑같은 노스탤지어를 가질 수는 있다. 하지만 암스테르담은 3세기 전부터 미술관들로 뒤덮였다. 시를 피하고 돌들의 평화를 되찾기 위해서는 다른 사막들, 영혼도 구원도 없는 다른 장소들이 필요하다. 오랑은 그런 곳들 중의 하나다.

---

2 발자크의 『고리오 영감』에 등장하는, 출세욕 강한 젊은 귀족. 파리를 상대로 출세의 의지를 다짐하는 장면이다.

3 『방법론』 인용.

거리

나는 오랑 시민들이 그들의 도시에 대해 불평하는 소리를 흔히 들어왔다. "여긴 재미있는 사회 모임이 없어." 뭐야! 당연하지, 당신들은 그런 걸 바라지도 않았잖아! 여러 명이 모이지 않으면 예술이나 사상에 헌신할 수 없다는 원칙에 충실한 몇몇 고상한 사람들이 다른 세상의 풍습을 이 사막에 도입하고자 애썼다[4]. 그 결과 살아남은 교육적인 모임들이라고 해봐야 고작 포커 플레이어 클럽, 권투 애호가나 공굴리기 애호가 동호회, 지역사회단체 정도만 남았다. 그나마 그런 곳엔 적어도 자연스러운 기운이 감돈다. 어쨌든 젠체하는 것과는 거리가 먼 어떤 위대함이 있다. 그러나 이 위대함은 그 자체로는 생산적이지 않다. 그래서 생산적인 것을 원하는 이들은 '사회 모임'을 떠나 길거리로 나간다.

오랑의 거리는 온통 먼지와 자갈과 열기의 세상이다. 그러다 비라도 내리면 홍수가 나서 진흙 바다가 된다. 아무튼 비가 오든 태양이 내리쬐든, 상점들은 한결같이 요령부득이고 이상야릇한 분위기를 풍긴다. 유럽과 중동에서 온갖 것을 끌어다 모아 놓은 악취미의 집합소 같다고 할까. 상점들엔 대리석 그레이하운드들, '백조의 호수' 발레리나들, 초록색 플라스틱으로 제작된 사냥의 여신 다이아나, 원반던지기 선수들과 추수꾼들, 생일 선물이나 결혼 선물로 쓰이는 모

4 오랑에서는 고골의 홀레스타코프같은 사람을 종종 마주친다. 그는 하품을 하고 나서 말한다. "뭔가 고상한 일에 몰두해야겠는데 말이야."(원주) - 홀레스타코프는 고골의 희곡 『감찰관』에 등장하는 허풍쟁이 사기꾼이다.

든 것들, 그리고 장사 천재, 재담 천재가 우리네 벽난로 상판에 끊임 없이 가져다 놓게 만드는 온갖 조잡한 인형들이 뒤죽박죽 섞여 있다. 하지만 이러한 열성적인 악취미가 이곳에선 바로크 스타일을 자아내어 모든 것을 용서하게 한다. 일례로 어느 쇼윈도에 전시된, 먼지 덮인 보물 상자의 내용물을 보자. 뒤틀린 발 모양의 흉측한 석고상, '밑지고 내놓아서 한 장에 150프랑'인 렘브란트 데생 한 묶음, 깜짝 놀래킬 목적의 온갖 장난감들 상자, 삼색 지갑들, 18세기 파스텔화, 태엽장치 벨벳 당나귀 인형, 프로방스풍의 초록색 올리브 보관용 유리병들, 천박한 미소를 흘리는 볼썽사나운 동정녀 목상(아무도 모르는 사람이 없도록 '업소측'에서 발치에 쪽지를 붙여놓았다. '동정녀 목상').

오랑에서는 이런 것들을 볼 수 있다.

1. 땟국으로 반들거리는 계산대에 파리의 다리며 날개 가루가 점점이 뒤덮인 카페들. 손님이 없이 텅 빈 홀에도 불구하고 연신 빙긋거리는 주인. '블랙커피' 한 잔에 12수나 받고, 큰 잔은 18수이다.

2. 인화지가 발명된 이래로 기술의 발전이 없는 사진관들. 쇼윈도에는 콘솔에 팔꿈치를 기대고 선 가짜 선원 사진부터 숲을 배경으로 흉한 옷을 입고서 양팔을 늘어뜨린 젊은 여자의 맞선용 사진까지 기묘한 인물 사진들이 걸렸다. 실물을 찍은 것이 아니라 조작된 것임을 알 수 있다.

3. 시사적일 정도로 넘쳐나는 장의업체들. 다른 곳보다 오랑에서 사람이 더 많이 죽어서라기보다는 죽음에 유난히 호들갑을 떨기 때문인 듯하다.

이곳 상인들의 밉지 않은 유치함은 광고에서도 드러난다. 오랑의 어느 극장 광고지에 쓰인 삼류 영화 소개를 읽어보자. '호화스런', '찬란한', '비범한', '매혹적인', '깜짝 놀랄 만한', '경이로운' 등의 형용사들이 보인다. 끝으로는 관객들에게 이 놀라운 '연출작'을 선보이기 위해 감수해야 했던 헌신적인 노력에 대해 읍소하며, 그럼에도 입장료를 올리지 않겠다고 강조한다.

프랑스 남부 미디 지방 특유의 과장이 이곳에서도 통용되는 것이려니 생각한다면 오산이리라. 정확히는 이 허황된 광고지를 만든 사람들은 자신들의 심리학적 감각을 증명해보이고 있는 것이다. 이 광고지의 목적은 두 가지 구경거리나 두 가지 직업 중에서, 심지어는 흔히 두 여자 사이에서 선택해야 할 때 이 지역 사람들이 보이는 무관심과 뿌리 깊은 무심함을 이겨내는 것이다. 이들은 강제가 아니면 결심하지 못하고, 광고업자들은 이를 간파하고 있다. 광고에 미국적 스케일이 적용된 것은, 여기나 거기나 과장해야 할 똑같은 이유가 있기 때문인 것이다.

끝으로 오랑의 길거리는 우리에게 이 지역 젊은이들의 두 가지 핵심적인 즐거움에 대해 알려준다. 바로 구두닦이들에게 구두를 닦는 것과, 이 구두를 신고서 거리를 산책하는 것. 그중 첫 번째 쾌감을 알기 위해선 일요일 오전 열 시에 갈리에니 대로의 구두닦이들에게 구두를 맡겨보아야 한다. 그러면 높은 의자에 앉아, 오랑의 구두닦이들이 분명 그렇듯 자기 직업을 사랑하는 사람들을 지켜보면서, 문외한이라 하더라도 특별한 만족감을 맛볼 수 있을 것이다. 그들의 세심한 손길이 구석구석 닿지 않는 곳이 없다. 여러 종류의 솔, 세 종류의 수건, 휘발유를 섞은 왁스. 부드러운 솔 밑으로 드러나는 완벽한 광을 보면서 작업이 끝났구나 생각하는 순간, 그 열성적인 손이 반짝이는 가죽에 다시 왁스칠을 하는가 싶더니, 살살 문지르고 광을 죽여 속까지 구두약이 배어들게 한 뒤에 마침내 똑같은 솔질 밑으로 가죽 깊은 곳에서 우러나는 결정적인 광, 두 배로 반짝이는 진정한 광이 솟구치게 하는 것이다.

그렇게 얻어낸 경이로운 결과물은 이어서 알 만한 사람들 앞에 전시된다. 길에서 얻은 이 기쁨을 누리려면 매일 저녁 도시의 주요 도로에서 열리는 젊은이들의 가면무도회에 가보면 된다. 실제로 열여섯에서 스무 살 사이의 오랑 '사교계' 젊은이들은 우아한 멋의 본보기를 미국 영화에서 빌어 와, 저녁 만찬에 가기 전에 변신을 한다. 우선 펠트 모자는 오른쪽 눈 위와 왼쪽 귀 위로 비스듬히 내려쓰는데, 왼쪽 귀 위로 들린 모자 밑으로 포마드를 바른 구불구불한 머리칼이 드러나고, 목을 조이는 셔츠의 칼라는 머리칼과 맞닿을 정도로 큼직하며, 미세한 넥타이의 매듭은 핀으로 엄격하게 고정한다. 재킷의 길이는 허벅지 중간까지 내려와 허리가 거의 엉덩이 근처에 이르고, 밝은 색의 바지는 짤막하며, 창이 세 겹인 구두는 반짝반짝 광이 난다. 이 젊은이들이 매일 저녁 보도에 징 박은 구둣발 소리를 태연하고 꼿꼿하게 울려 퍼뜨렸다. <바람과 함께 사라지다>의 배우 클라크 케이블 씨의 거동과 유연함과 위용을 어떻게든 흉내 낸 것이다. 그 때문에 도시의 비판적인 사람들은 그들을 대개, 발음 따위는 등한시한 '클라르크'들이라는 별명으로 부른다.

어차피 오후가 끝날 무렵이면 오랑의 대로는 불량하게 보이려고

갖은 애를 쓰는 귀여운 청소년 부대가 점령한다. 오랑의 어린 여자들도 자신들이 저 다정한 악동들과 영원히 맺어지리라고 느끼는바, 똑같이 미국 영화 속 여배우들의 화장과 우아함을 흉내 내어 치장한다. 따라서 앞서와 똑같은 신랄한 사람들이 이번엔 배우 마를렌 디트리히 씨에 빗대어 이들을 '마를렌'들이라고 부른다. 그렇게 새소리가 야자수에서 하늘로 올라가는 저녁의 대로에는 수십 명의 '클라르크'들과 '마를렌'들이 마주치고, 서로를 톺아보고 평가하며, 한 시간 남짓 동안 완벽한 삶의 현기증에 자신을 맡긴 채, 살아있는 것과 그럴듯해 보이는 것에 행복해한다. 그들을 시기하는 이들은 미국위원회 회의라도 참관하는 기분이라며 비아냥거린다. 하지만 그 말들에선 그 놀이와 아무 상관 없는 서른이 넘은 자들의 씁쓸함이 느껴진다. 그들은 그와 같은 청춘과 낭만의 일상적 회담을 무시한다. 사실 그것은 인도 문학에서 볼 수 있는 새들의 의회 같은 것이다. 하지만 오랑의 대로에서는 존재의 문제에 대해 토론하지 않고, 완벽에 이르는 길에 대해 걱정하지도 않는다. 오직 날갯짓과 부채처럼 활짝 펼친 깃털, 새침한 매력과 의기양양한 매력, 밤과 함께 사라지는 태평한 노래의 찬란함만이 있을 뿐이다.

여기서 홀레스타코프의 말이 들리는 듯하다. "뭔가 고상한 일에 몰두해야겠는데 말이야." 안타까워라! 그는 그럴 능력이 있다. 그를 부추기면 몇 해 만에 이 사막을 사람들로 북적이게 만들 수 있을 것이다. 하지만 지금으로서는 약간 비밀스런 영혼을 가진 이는, 화장을 하고도 감정을 조절할 줄 모르고 애교가 너무도 서툰 나머지 의도가 곧바로 들통나버리는 젊은 여자들이 줄을 잇는 이 가벼운 도시에서 떠나야 한다. 뭔가 고상한 일에 몰두하기 위해서! 차라리 보아라, 바위 속에 솟은 산타크루스 산을, 또 다른 산들을, 잔잔한 바다를, 거친 바람과 태양을, 항구의 거대한 기중기들을, 열차들을, 열차 차고들을, 플랫폼과 도시의 암벽을 기어오르는 저 엄청난 비탈들을. 그리고 도시 안에서는 그 유희와 권태들을, 그 소동과 그 고독을. 사실 이 모든 것들은 그다지 고상하지 않을지도 모른다. 하지만 인구가 넘쳐나는 이 섬들의 크나큰 가치는 바로 거기서는 마음이 벌거벗는다는 것이다. 침묵은 이제 소란스런 도시들 이외의 곳에서는 가능하지 않다. 데카르트는 암스테르담에서 문우인 장루이 귀에 드 발작에게 편지를 썼다. "나는 대규모 군중의 혼잡 속에서, 그대가 그대의 오솔길에서 누리는 만큼의 자유와 여유를 만끽하며 매일 산책을 합니다."[5]

오랑의 사막

감탄스런 경치를 코앞에 두고 사는 운명에 처한 오랑 사람들은 추한 건축물들을 세워 도시를 뒤덮음으로써 이 혹독한 시련을 극복했다. 우리는 저녁 미풍에 씻겨 산뜻해진, 바다에 면한 도시를 기대

5 아마도 오랑의 각종 회의 및 토론 협회가 이 재담을 추억하며 '코기토 클럽'이란 이름으로 설립된 것이지 싶다.(원주) (- 코기토 에르고 줌 cogito ergo sum, 나는 생각한다, 고로 존재한다 - 데카르트.)

한다. 그런데 정작 우리가 마주하는 건, 스페인 구역을 제외하고는[6] 바다에 등을 돌린 채 달팽이처럼 제 몸을 둥그렇게 감싸며 건설된 도시다. 오랑은 무정한 하늘로 뒤덮인 누런색의 커다란 원형 벽이다. 처음엔 미로 속에서 길을 잃는다. 아리아드네의 실을 따라가듯 바다를 찾아보지만, 위압적인 황갈색 길들 속에서 맴을 돌다가 끝내는 미노타우로스가 오랑 시민들을 삼켜버리고 만다[7]. 그것이 권태다. 오랑 시민들은 오래전부터 더는 헤매지 않는다. 그들은 잡아먹히는 것을 받아들였다.

오랑에 오지 않고서는 돌이 무엇인지 알 수 없다. 온통 먼지로 뒤덮인 이 도시에서는 자갈이 왕이다. 어찌나 자갈을 좋아하는지 상인들은 종이들을 눌러두기 위해, 아니면 그저 전시용으로 쇼윈도에 자갈을 놓아둘 지경이다. 길에도 자갈 더미가 쌓였는데 아마 보는 즐거움을 위한 것인 듯하다. 1년 뒤에도 여전히 그 자리엔 자갈 더미가 쌓여있으니 말이다. 다른 곳에선 식물에서 이끌어내는 시(詩)가 여기선 돌의 얼굴을 하고 있다. 이 상인들의 도시에서 마주칠 수 있는 백 그루 남짓의 나무들은 먼지로 정성껏 뒤덮여 있다. 바로 이 화석이 된 식물들이 사방으로 뻗은 가지들에서 매캐한 먼지 냄새를 떨어뜨린다. 알제에서 아랍인들의 묘지는 우리가 알고 있듯이 감미롭다.

6 그리고 새로 난 길인 프롱드메르 대로도 제외하고서.(원주)

7 그리스 신화에 등장하는 미노타우로스는 소의 머리와 인간의 몸을 한 괴물로 성질이 난폭하여 미로에 갇힌다. 그는 해마다 미로 속에 제물로 바쳐진 7명의 소년과 소녀들을 잡아먹었는데, 아테네 왕자 테세우스가 그를 무찌르기 위해 미로 속으로 들어간다. 이때 테세우스를 사랑한 크레타 섬의 공주 아리아드네가 실타래를 주었고, 테세우스는 이 실타래를 풀며 미로 속으로 들어가 괴물을 죽인 뒤 다시 실을 따라 무사히 미로를 빠져나올 수 있었다. 바로 이 실이 오늘날 복잡한 문제 해결의 실마리를 뜻하게 된 '아리아드네의 실'이다.

오랑에서 묘지는, 이번에는 바다를 마주보고 있는 라스엘아인 협곡 위의 자갈밭이다. 푸른 하늘과 맞닿아 있는, 부스러지기 쉬운 하얀 석회질의 자갈밭에 태양이 눈부신 화재를 일으킨다. 이 대지의 해골 한복판에 드문드문 서 있는 주홍빛 제라늄이 풍경에 자신의 생명과 피를 끼얹는다. 도시 전체가 광물 속에 갇혀 굳어있다. 플랑퇴르 산에서 바라보면 도시를 껴안은 절벽의 두께가 어찌나 두터운지 풍경이 광물성이 되다 못해 비현실적으로 보인다. 인간은 그곳에서 추방된다. 그토록 육중한 아름다움은 다른 세상에서 온 것처럼 보인다.

만일 사막을 하늘이 유일한 왕인 영혼 없는 장소라고 정의할 수 있다면, 오랑이야말로 선지자를 기다리는 곳이 된다. 아닌 게 아니라 도시 주변과 도시 위에 펼쳐진 아프리카의 거친 자연이 도시의 강렬한 위용을 갖추고 있다. 이 자연은 사람들이 들씌운 엉뚱한 장식을 부수며 모든 집들 사이로, 모든 지붕들 위로 거센 비명을 내지른다. 산타크루스 산허리의 길들 중 하나로 올라가면 우선 보이는 것은 오랑을 색색으로 물들이며 여기저기 흩어져 있는 정육면체들이다. 좀 더 높이 올라가면 고원을 둘러싸고서 붉은 짐승처럼 바다 속에 웅숭그린 들쭉날쭉한 외양의 절벽들이 나타난다. 다시 좀 더 높이 올라가면 태양과 바람의 거대한 회오리가, 바위투성이 풍경 전역에 무질서하게 흐트러지고 분산돼 있는 도시를 뒤덮고, 환기시키고, 뒤섞는다. 여기서 대립하는 것은 인간의 경이로운 무질서와 늘 한결같은 바다의 영속성이다. 그것이면 감동적인 삶의 냄새가 산허리의 길 쪽으로 피어오르게 하기엔 충분하다.

사막엔 가차 없는 무언가가 있다. 오랑의 광물성 하늘, 먼지로 덮

칠된 오랑의 길들과 나무들, 그 모든 것이 심장과 머리가 이것들로부터, 또한 이것들의 유일한 목적인 인간으로부터 절대 한눈팔지 않는 이 무심하고 두터운 세계를 창조하는 데 일조한다. 내가 여기서 말하고자 하는 바는 은둔의 어려움이다. 우리는 피렌체나 아테네에 관한 책들을 쓴다. 이 도시들은 풍부한 유럽의 정신을 형성해 왔고 그만큼 의미를 지닌다. 감동시키거나 열광시킬 무언가를 갖춘 셈이라고 할까. 이 도시들은 영혼의 어떤 허기를 추억이라는 양식으로 달래준다. 하지만 어떤 것도 정신의 흥미를 끌지 못하고, 추함마저도 이름이 없으며, 과거는 무(無)로 귀결되는 도시에서는 어떤 감동을 얻을 수 있을까? 공허, 권태, 무심한 하늘, 이곳들의 매력은 무엇이란 말인가? 아마도 고독이고, 어쩌면 여자일 수 있다. 어떤 유의 남자들에게는 여자가 아름다운 어느 곳이든지 씁쓸한 조국이다. 오랑은 그런 조국의 무수한 수도들 중의 하나다.

경기

오랑의 퐁두크 가에 있는 센트럴 스포팅 클럽은 진정한 애호가들이라면 인정하리라 자신하는 '권투 경기의 밤'을 개최한다. 더 노골적으로 이야기하면 경기에 출전할 선수들이 스타와는 거리가 멀고 그들 중 몇몇은 아예 링에 처음 오르는 바, 기술은 모르겠지만 적어도 상대 선수들의 투지만큼은 기대해 볼 수 있다는 뜻이다. 나도 '피를 보게 될 것'이라는 한 오랑 주민의 호언장담에 강하게 자극받은 터라 오늘 밤, 진정한 애호가들 사이에 자리하게 되었다.

언뜻 보아도 이들은 편의 따위는 안중에 없는 듯하다. 그도 그럴 것이 경기장이라는 것이 기껏해야 석회로 대충 초벽하고 지붕은 골함석으로 덮은 창고 한구석에 설치한 링이었기 때문이다. 조명도 눈이 시릴 만큼 환하다. 접이식 의자들이 네모난 링을 빙 에워싸며 일렬로 놓여있었다. 말하자면 '링사이드 특석'이다. 이 의자들 뒤로 방석들이 열을 지어 배치되었고, 홀 구석엔 입석이라 불리는 공간을 널찍하게 비워두었다. 그곳을 채울 오백 명 남짓의 관중들 중 누군가가 행여 손수건이라도 꺼낼라 칠 때 발생할 수 있을 대형 사고를 예방하기 위함이었다. 이 직사각형의 상자 안에서 천여 명의 남자들과 두세 명의 여자들 - 내 옆 사람에 의하면 어떻게든 '튀려고' 안달 난 여자들 - 이 숨을 몰아쉬고 있다. 모두가 가열하게 땀을 흘린다. '신인'들의 시합을 기다리는 동안, 대형 전축에서 프랑스 남부 코르시카 출신 가수인 티노 로시의 서정적인 노래가 발음이 뭉개진 채로 흘러나온다. 살인 직전의 연가라고 할까.

진정한 애호가들의 인내심은 한계가 없다. 밤 9시로 예고된 경기가 9시 30분이 넘도록 시작되지 않는 데도 항의하는 사람이 아무도 없다. 봄 날씨가 후텁지근하다 보니, 저고리를 벗고서 셔츠 바람으로 들떠 있는 사람들의 땀내가 여기저기서 끼쳐온다. 주기적으로 들려오는 레모네이드 병 따는 소리와 코르시카 출신 가수의 지칠 줄 모르는 흐느낌 사이사이로 열띤 토론이 섞여든다. 새로 입장한 사람들이 관중 틈으로 비집고 들어서자 마침내 조명이 링 위로 눈부신 빛을 쏟아낸다. 신인들의 경기가 시작된다.

재미로 싸우는 신인들이나 초보들은 일체의 기술을 무시하고서 다짜고짜 호되게 몰아붙여 이 재미를 증명하겠다는 마음이 앞선다. 그들은 결코 3라운드 이상을 끌고 가는 법이 없다. 그런 면에서 오늘 밤의 주인공은 뭐니 뭐니 해도, 평소엔 카페의 테라스에서 복권을 파는 '비행기 키드'라는 별명의 청년이다. 그의 상대 선수는 과연 2라운드 초반 만에, 프로펠러처럼 날아오는 펀치의 충격을 이기지 못하고 운수 사납게도 링 밖으로 나뒹군다.

약간의 동요가 일었지만 관중들은 아직은 예의를 차리고 있다. 그들은 타박상용 물파스의 신성한 냄새를 경건하게 맡는다. 동시에 하얀 벽에 비친 격투 중인 선수들의 그림자가 그려내는 속죄의 그림 덕에 한층 더 생생해진, 느릿한 의례와 무차별적인 희생이 연속되는 현장을 목도한다. 그것은 야만적이면서도 계산된 종교의 포문을 여는 의례적인 서문이다. 이제 집회가 시작된다. 집단 최면은 나중에야 일어날 것이다.

그때 확성기가 '불굴의 오랑 오뚝이' 아마르와 '알제 강펀치' 페레즈의 대전을 알린다. 비신자라면 소개와 함께 링에 오르는 선수들을 맞는 함성을 곡해할 수 있을 것이다. 이제 두 선수가 관중에게도 익히 알려진 개인적인 갈등을 푸는 어떤 자극적이고 강렬한 싸움이 벌어지겠거니 상상할 수 있다. 사실 풀어야 할 갈등이 있기는 하다. 하지만 두 선수 간의 개인적인 갈등이 아니라, 백여 년 전부터 알제와 오랑을 치명적으로 갈라놓고 있는 갈등이다. 아마 수 세기 전이었더라면 북아프리카의 이 두 도시는 더 행복했던 시절에 피렌체와 피사가 그러했던 것처럼, 이미 서로를 죽이느라 피란 피를 모조리 흘렸으리라. 두 도시의 경쟁심은 아무 이유가 없는 만큼 더 거세다. 서로 사랑할 이유밖에 없기에, 그에 비례하여 서로를 증오하는 것이다. 오랑 사람들은 알제 사람들이 '허세를 부린다'고 비난한다. 알제 사람들은 오랑 사람들이 예의범절이 없다는 말을 퍼뜨린다. 이 모욕들은 보기보다 훨씬 치명적인데, 그것들이 형이상학적인 까닭이다. 오늘날 딱히 싸울 명분이 없는 그들은 스포츠나 통계, 대규모 공사의 영역에서 만나 겨루며 모욕을 주고받는다.

따라서 링 위에서 펼쳐지는 대결은 역사의 한 장이다. 천여 명의 함성으로 응원을 받는 오랑 오뚝이는 페레즈에 맞서 한 지역의 생활 방식과 자존심을 변호하는 것이다. 할 수 없이 사실을 밝히자면 아마르의 변론이 방향을 잃었다. 그의 변론엔 형식상의 결함이 있다. 즉 리치[8]가 약하다. 반면에 알제 강펀치는 리치가 자유자재다. 그가 적의 눈썹 위로 정확하게 펀치를 날려 명중시킨다. 오랑 사람이 고삐 풀린 관중의 포효 속에서 장렬하게 코피를 쏟는다. 관중석과 내 옆 사람의 거듭되는 응원에도 불구하고, "죽여버려", "뭉개버려", 야비한 "아래를 쳐"와 "그래! 심판이 아무것도 못 봤어", 낙관적인 "놈도 지쳤어"와 "이제 더 못 버텨"에도 불구하고, 끝도 없는 함성 속에서 알제 선수의 판정승이 선언된다. 스포츠정신을 곧잘 들먹이는 내 옆 사람이 보란 듯이 박수를 치면서, 장내가 떠나갈 듯한 함성에 묻힌 목소리로 틈을 보아 내게 넌지시 말한다. "이러면 이제 '저쪽'에서

8 양팔을 좌우로 펼쳤을 때 손가락 끝이 닿는 범위를 이르는 권투 용어.

도 오랑 사람들을 야만인이라고는 못하지."

하지만 장내에서는 프로그램에 포함되지 않았던 결투들이 이미 벌어지고 있었다. 의자들이 나뒹굴고, 경찰이 길을 트며 개입하고, 광란이 극에 달한다. '주최 측'은 분별 있는 사람들을 진정시키고 장내가 다시 조용해지는데 일조하도록, 지체 없이 전축을 틀어 쩌렁거리는 상브르뫼즈 연대행진곡을 울려 퍼뜨린다. 몇 분 동안 장내는 아비규환의 아수라장을 이룬다. 선수들과 자원한 심판들이 뒤얽힌 덩어리가 경찰들의 손아귀에서 흔들리고, 관중은 희희낙락하며 군가의 압도적인 물결 속에 잠겨버리는 야만스런 함성 또는 닭이나 고양이 울음을 흉내 내는 꼬꼬댁이나 야옹 소리로 경기를 계속할 것을 촉구한다.

하지만 장내를 진정시키는 데는 중요한 대전을 알리는 안내 멘트 하나면 충분하다. 이 안내는 마치 배우들이 무대를 떠나듯, 아무 형식 없이 별안간 이루어진다. 그러면 관중은 더할 수 없이 자연스럽게 모자의 먼지를 탁탁 털거나 의자들을 정돈하면서 중간 단계도 없이 곧바로, 가족 음악회에 참석하기 위해 입장료를 지불한 정직한 관객의 호의적인 표정으로 돌변한다.

마지막 경기는 프랑스 해군 챔피언과 오랑 권투선수의 대결이다. 이번엔 리치의 차이가 후자에게 유리하다. 하지만 처음 몇 라운드 동안은 그의 장점이 관중에게 감흥을 불러일으키지 못한다. 관중은 도취 상태에서 깨어나 차분해졌다. 그들의 호흡은 아직 짧다. 혹여 박수를 치더라도 열의가 동반되지 않고, 야유의 휘파람에도 적의가 없다. 장내는 두 진영으로 나뉘는데, 원칙적으로 마땅히 그래야 한다.

하지만 모든 관객의 선택은 심한 피로감 뒤에 오는 이 냉담으로 기운다. 프랑스인이 '홀딩[9]'을 하든, 오랑 사람이 머리로 공격하면 안 된다는 사실을 잊든, 선수는 야유하는 휘파람의 일제사격에 몸을 굽히지만 이내 박수갈채의 축포 속에서 다시 몸을 일으키는 것이다. 스포츠가 되살아나는 동시에 진짜 애호가들이 피로감을 떨치려면, 아무래도 7라운드는 되어야 한다. 아닌 게 아니라 프랑스인이 다운을 당하고 나더니 점수를 만회하기 위해 적에게 돌진했다. 내 옆 사람이 예측했다. "그렇지, 이제 투우가 시작되겠군." 과연 그것은 투우다. 가차 없는 조명 속에서 땀으로 흥건해진 두 선수가 가드[10]를 풀고서 두 눈을 질끈 감은 채 펀치를 날리는가 하면 어깨와 무릎으로 밀치며, 피를 교환하고 분노로 씩씩거린다. 같은 순간, 관중도 벌떡 일어나 사력을 다하는 두 영웅에게 장단을 맞춘다. 관중은 두 영웅과 함께 펀치를 맞고, 되갚고, 낮게 헐떡거리는 무수한 목소리의 함성 속에서 이를 되풀이한다. 응원할 선수를 심드렁하게 선택했던 똑같은 사람들이 이번엔 자신들의 선택에 집요하게 매달리고 열광한다. 옆 사람의 고함이 10초 간격으로 내 오른쪽 귓속을 관통한다.

"때려, 파란 칼라, 그래, 해군!" 그동안 우리 앞의 관객은 오랑 선수에게 울부짖는다. "안다! 옴브레! Anda! hombre! 어서! 친구!" 이 친구와 파란 칼라는 치고받고, 그들과 함께 석회와 함석과 시멘트로 이루어진 이 사원에서 고개 숙인 신들에게 몰두한 관중 모두가 치고받는다. 땀으로 번들거리는 흉부에서 둔탁하게 울리는 펀치 소리

---

9 권투에서 상대의 팔을 껴안고 동작을 제압하는 행위로 반칙이다.

10 양팔을 들어 올린 방어자세.

한 대 한 대가 선수들과 함께 마지막 힘을 쥐어짜는 관중의 몸에서도 엄청난 진동으로 메아리친다.

이런 분위기에서 무승부는 환영받지 못한다. 사실 그것은 대중의 철저한 이원론적 감수성에 상반된다. 선과 악이 있고, 승자와 패자가 있는 법이다. 틀리지 않았다면, 마땅히 옳아야 한다. 심판들이 돈에 팔렸다고 성토하는 2천 개 남짓의 기세등등한 허파들이 이 완벽한 논리의 결론을 곧바로 제시한다. 하지만 링에선 파란 칼라가 상대 선수에게 다가가 부둥켜안으며 형제애의 땀을 마신다. 장내 분위기가 순식간에 뒤집히며 발박수갈채가 터져 나오게 하는 데는 그것으로 충분하다. 내 옆 사람이 옳다. 이들은 야만인이 아니다.

침묵과 별들이 가득한 하늘 아래, 밖으로 빠져나가는 군중은 가장 진 빠지는 경기를 하고 난 참이다. 그들은 관전평을 늘어놓을 힘도 없이 잠자코 서서히 사라져간다. 선악이 분명한 이 종교는 가차없다. 신자 집단은 이제 어둠 속으로 사라지는 흑백의 그림자 무리에 지나지 않는다. 힘과 폭력은 고독한 신들이기 때문이다. 그들은 어떤 추억도 남기지 않는다. 반면에 현재 속에서 양손 가득 기적을 나누어준다. 그 기적은 링 주위에서 영성체하는 과거 없는 이 백성들에게 적합하다. 다소 힘들지만 모든 것을 단순화하는 의식 말이다. 선과 악, 승자와 패자, 그리스 코린토스에는 두 개의 신전이 이웃하고 있다. 폭력의 신전과 필연의 신전이.

기념물

오랑의 스타일은, 혹여 그런 게 있다면, 형이상학 못지않게 경제학과도 관련된 이유로, '메종 뒤 콜롱[11]'이라 불리는 독특한 건물의 외관에서 강렬하고 선명하게 드러난다고 할 수 있다. 오랑에는 기념물이 부족하지 않다. 이 도시엔 제정 시대의 총사령관들, 장관들, 지역 자선가들이 있을 만큼 있다. 먼지 자욱한 작은 광장에서 그들과 관련된 기념물들을 얼마든지 마주칠 수 있다. 해와 비에 몸을 내맡긴 이 기념물들 또한 돌과 권태로 변했다. 그럼에도 그것들은 외부 세력의 산물을 대표한다. 이 행복한 미개 상태에, 문명의 유감스러운 흔적이라니.

오히려 오랑은 제단과 연단을 자체적으로 세워 올렸다. 상업도시 중심가에, 이 나라를 먹여 살리는 무수한 농업 관련 기관들이 들어설 공동의 공간을 건설해야 했기에 오랑 사람들은 석회와 모래로 자신들의 미덕을 입증하는 시각적인 상징물을 건설하고자 했다. 그것이 바로 메종 뒤 콜롱이다. 건물의 외관으로 판단하면, 그 미덕은 세 가지다. 대담한 취향, 폭력 애호, 역사를 종합하는 감각. 뒤집힌 커다란 컵 형태의 케이크 같은 섬세한 건축물 구축에 이집트, 비잔티움, 뮌헨이 총동원되었다. 지붕의 테두리는 생생한 효과를 극대화하는 색색의 원석들로 장식했다. 이 모자이크의 영롱함이 어찌나 강력한지, 처음엔 아무것도 보이지 않고 오직 비정형의 눈부심만이 눈에

11 1930년, 프랑스 보르드 총독부 시절에 건설된 아르누보 스타일의 식민행정기관 건물로, 1990년에 '팔레 드라 퀼튀르(문화센터)'로 명칭이 변경되었다.

들어온다. 하지만 더 가까이 가서 촉각을 세우고 집중하면 모자이크의 의미가 이해된다. 나비넥타이를 매고 하얀색 코르크 모자를 쓴 우아한 식민 통치자가 고대 풍 옷을 걸친 노예 행렬의 경건한 인사를 받고 있다[12]. 마침내 건물과 색색의 모자이크가 작은 전차들이 오가는 교차로 중앙에 자리 잡았다. 몸체의 상단이 훤히 뚫린 이 꼬질꼬질한 작은 전차는 도시의 매력 중 하나가 되었다.

다른 한편으로 오랑은 아름 광장에 자리한 사자 두 마리를 소중히 여긴다. 이 사자들은 1888년 이래로 시청 계단 양쪽의 상석을 차지하고 있다. 제작을 맡은 작가는 프랑스인으로 이름은 카인이다. 사자들은 위풍당당하고 몸통은 작달막하다. 밤이 되면 놈들이 받침대에서 차례로 내려와 어둠이 깔린 광장 주변을 조용히 어슬렁거리다가 더러 먼지가 내려앉은 커다란 무화과나무 밑에서 오줌을 눈다고 한다. 물론 오랑 사람들이 기꺼이 귀를 기울이는 소문에 불과하다. 믿기지 않는 이야기인데도 말이다.

몇 가지 조사에도 불구하고 나는 카인에게 열정을 가질 수 없었다. 그저 그가 유능한 동물조각가로 유명했다는 것만을 알게 됐을 뿐이다. 그럼에도 종종 그를 떠올린다. 이는 오랑에서 보이게 되는 정신적 경향이다. 여기 그저 그런 작품을 남긴 이름난 예술가가 있다. 수십만의 사람들이 힘이 잔뜩 들어간 시청 앞에 그가 설치한 유순한 맹수들과 친근해진다. 그것도 예술 분야에서 성공하는 또 다른 방법이다. 이 두 마리 사자는 아마 같은 유형의 숱한 작품들이 그러하듯, 재

12 알제리인들의 또 다른 장점은 보다시피 솔직함이다.(원주)

능과는 전혀 다른 무엇을 증언하는 것인지도 모른다. <야간 순찰>, <성흔을 받는 성 프란체스코>, <다비드>[13], <꽃의 찬미>[14]와 같은 위대한 예술작품을 탄생시킬 수도 있었으리라. 카인, 그는 바다 저편에 있는 지방 상업도시의 광장에 우습고 조야한 짐승 낯짝 두 개를 떡하니 올려놓았다. 하지만 다비드는 어느 날 피렌체와 함께 무너지더라도, 사자는 재앙을 피할 것이다. 이번에도 다시 한번, 다른 무엇을 증언하는 것이다.

이 생각을 좀 더 구체적으로 말해볼 수 있을까? 이 작품 속엔 무의미와 견고함이 있다. 여기서 정신은 아무것도 아니지만 물질은 엄청난 비중을 차지한다. 범용한 것들은 어떻게든 지속되고자 하며, 청동도 그중 하나다. 범용한 것들은 영원의 권리를 거부당함에도, 그 권리를 날마다 붙든다. 이것이 바로 영원이 아닐까? 어쨌든 이 끈기는 감동적인 데가 있고 교훈도 지니는데, 이는 오랑의 모든 기념물들과 오랑 자체의 교훈이기도 하다. 이 끈기는 하루에 한 시간, 아무 때나 한번, 우리로 하여금 중요하지 않은 것에 기어이 관심을 갖게 한다. 정신도 이러한 반복을 이용할 수 있다. 그것은 정신의 위생에 어느 정도 기여하고, 정신엔 겸허의 순간이 반드시 필요하기에 멍청해지는 이 기회는 더할 나위 없이 바람직해 보인다. 소멸하는 모든 것은 영속되기를 원한다. 그러니 모든 것이 영속되기를 원한다고 해두자. 인간의 작품들은 그것 외에는 아무것도 의미하지 않고, 그 점에서 카인의 사자들은 앙코르의 유적들과 똑같은 기회를 누린다. 그

13 차례로 렘브란트, 조토, 미켈란젤로의 작품들이다.

14 고대 그리스 묘석의 일부분으로 대리석 부조이다. 루브르 박물관 소장.

러니 겸허해질 수밖에.

오랑엔 다른 기념물들도 있다. 아니면 적어도 기념물이라는 명칭을 부여해야 하는 것들이 있는데 그것들도 도시를, 어쩌면 더 의미심장한 방식으로 증언하기 때문이다. 바로 현재 10킬로미터 남짓의 해안 구역에서 벌이고 있는 대규모 공사가 그중 하나다. 원칙적으로는 이 지역에서 가장 빛나는 물굽이를 거대한 항구로 만들겠다는 것이나, 실은 인간이 또다시 돌과 대결하는 기회인 것이다.

몇몇 플랑드르 거장들의 회화에서는 놀라운 규모의 주제가 끈질기게 반복된다. 바로 바벨탑 건설이다. 그것은 상상을 초월하는 어마어마한 풍경으로 계단처럼 하늘로 올라가는 바위들, 노동자들과 짐승들과 사다리들과 기괴한 기계들과 밧줄들과 실들이 점점 불어나는 가파른 절벽이다. 거기서 인간은 공사장의 초인적인 규모를 가능하게 하기 위해서만 존재한다. 바로 이것이 오랑 시 서쪽 산마루에서 아래를 내려다보며 떠올리게 되는 생각이다.

거대한 절벽에 매달린 레일, 화물열차, 기중기, 꼬마 기차들…… 대지를 삼킬 듯한 땡볕 속에서 장난감 같은 기관차들이, 기적소리와 먼지와 연기 사이로 거대한 돌 더미들 주위를 이리저리 돌며 기어다닌다. 연기가 피어오르는 해골 같은 절벽에서 개미 같은 인간들은 밤낮으로 부산을 떤다. 절벽 허리에 늘어진 한 개의 밧줄에 매달린 여남은 명의 사람들이 전기 착암기 손잡이에 배를 밀착시킨 채 하루 종일 허공에서 덜덜거리며, 바위를 통째로 뜯어내 먼지와 굉음 속에 우르르 무너져 내리게 한다. 더 멀리에선 화물열차들이 가파른 경사면에서 뒤집히는가 하면, 돌연 바다 쪽으로 쏟아지던 바위들이 물속에 첨벙 빠지거나 수면 위를 구른다. 바윗덩어리마다 더 작은 돌들의 파편이 뒤따른다. 한밤중에도, 대낮에도, 폭발음이 일정한 간격으로 산 전체를 뒤흔들고 바다를 들어 올린다.

이 공사장 한복판에서 인간은 돌과 정면으로 대결한다. 이런 일을 가능하게 만드는 이 혹독한 노예살이를 잠시나마 제쳐둔다면, 그것은 감탄해마지 않을 일이다. 산에서 떨어져나온 돌들은 인간의 계획을 현실화한다. 돌들이 먼저 밀려온 파도 밑으로 쌓이다가 차츰차츰 물 위로 모습을 드러내면서 마침내 방파제 모양으로 다듬어지는가 싶더니, 곧이어 매일 조금씩 바다 한복판으로 나아가는 인간들과 기계들로 뒤덮인다. 거대한 강철 이빨이 절벽의 배를 끊임없이 파헤치더니 제자리에서 한 바퀴 빙 돌아 입 안에 가득한 자갈들을 바다에 토해낸다. 절벽 꼭대기가 낮아짐에 따라 해안선 전체가 막무가내로 바다를 삼켜버린다.

물론 돌을 파괴하는 것은 불가능하다. 그저 자리를 바꾸는 것뿐이다. 어쨌든 돌은 돌을 사용하는 인간들보다 더 오래 지속될 것이다. 지금으로서는 돌이 인간의 의지를 뒷받침하고 있지만 말이다. 어쩌면 이마저도 부질없을지 모른다. 하지만 사물의 자리를 바꾸는 것이 인간의 일임에야. 그것을 하든지 아무것도 안 하든지, 선택해야 할 일이다[15]. 오랑 사람들은 여실히 선택했다. 이 무심한 물굽이 앞에서 그들은 몇 해 동안은 더 해안선을 따라 자갈 더미들을 쌓아나갈 것이다. 백 년 뒤에, 다시 말해 내일, 새로 시작해야 하리라. 하지

---

15 이 에세이는 어떤 유혹을 다루고 있다. 그 유혹은 체험해보아야만 한다. 그런 다음에 행동을 하든지 안 하든지 할 수 있지만, 선택의 이유는 알게되는 것이다.(원주)

만 오늘은 이 바위 더미들이 먼지와 땀을 가면처럼 뒤집어쓰고서 자기들 위를 부단히 오가는 인간들을 증언하고 있다. 오랑의 진짜 기념물, 그것은 여전히 오랑의 돌들이다.

아리아드네의 돌

19세기 프랑스 소설가 플로베르의 친구이자 시인인 르 푸아트뱅은 숨이 넘어가기 직전, 더없이 소중한 대지에 마지막 눈길을 던지며 외쳤다. “창문을 닫아주시오. 너무 아름다워요.” 오랑 사람들은 이 시인과 비슷해 보인다. 그들은 창문을 닫았고, 방안에 틀어박혔고, 풍경을 몰아냈다. 르 푸아트뱅은 죽었지만 그 뒤로도 날들은 계속 이어졌다. 마찬가지로 오랑의 누런 벽들 너머로 바다와 대지가 무심한 대화를 이어간다. 세계의 이러한 영속성엔 늘 인간과는 상반되는 위엄이 있다. 영속성은 인간을 절망시키고, 또한 흥분시킨다. 세계는 절대로 단 한 가지만을 말하지 않는다. 세계는 흥미를 불러일으켰다가, 지루해진다. 하지만 끝끝내 고집스럽게 우리를 이기고 만다. 세계는 늘 옳다.

오랑에선 성문 밖만 나서면 이미 자연이 소리를 높인다. 카나스텔 숲 근처는 향기로운 가시덤불로 뒤덮인 광활한 황무지다. 거기선 태양과 바람이 오직 고독만을 이야기한다. 오랑 위쪽은 산타크루스 산이 있는데 고원과 무수한 계곡들이 이 산으로 이어진다. 예전엔 사륜마차들이 다니던 길들은 바다를 굽어보는 언덕 허리에 붙어있다.

1월이 되면 그중 몇 개의 길들은 꽃들로 뒤덮인다. 데이지와 미나리아재비가 빨간색과 하얀색으로 수를 놓은 화려한 산책로를 만든다. 산타크루스에 대해선 이제 모든 것을 이야기했다. 그래도 무언가를 덧붙인다면, 축일마다 가파른 언덕을 기어오르는 종교행렬일랑은 잊어버리고 다른 순례들을 떠올려 보겠다. 고독한 순례길, 그들은 붉은 돌산 속을 외롭게 걸어가 정지된 듯 고요한 만 위로 올라가서, 아무 장식 없는 원형 그대로의 자연에 찬란하고 완벽한 한 시간을 바친다.

오랑은 제 사막을 가지고 있기도 하다. 해변 말이다. 성문 근처에서 우리가 마주치는 해변은 겨울과 봄에만 한적하다. 그때 고원은 수선화로 뒤덮이고, 고원에 자리한 비어있는 작은 별장들도 꽃들로 뒤덮인다. 바다가 저 아래서 나지막하게 으르렁거린다. 그럼에도 이미 태양과 산들바람, 수선화의 하얀 빛, 본연의 색으로 푸르른 하늘, 그 모든 것이 여름을, 그때 해변을 뒤덮는 황금빛 젊음을, 모래사장에서 뒹구는 기나긴 시간들을, 해거름의 돌연한 부드러움을 떠올리게 한다. 이 바닷가엔 해마다 여성들이 만개하는 새로운 수확기가 온다. 그 꽃들은 오직 한철뿐이다. 이듬해가 되면 작년 여름만 해도 몸이 꽃망울처럼 단단한 소녀에 불과했던 다른 따사로운 꽃들이 그 꽃들을 대신한다. 오전 11시가 되면 고원에서 내려오는, 알록달록한 천을 걸친 듯 만 듯한 그 모든 젊은 육체들이 오색찬란한 파도처럼 모래사장에서 나부낀다.

한결같이 순결한 풍경을 보려면 더 멀리(그래봤자 희한하게도 이십만 명 남짓의 사람들이 내부에서만 맴도는 이 지역 바로 옆이지만) 가야 한다. 인간이 남긴 흔적이라곤 케케묵은 산장 하나뿐인 길고 황량한 모래언덕이 펼쳐진다. 드문드문 아랍인 목동이 모래언덕 꼭대기에 검정색과 베이지색의 양 떼들 얼룩을 만들면서 지나간다. 오랑의 이 바닷가에선 여름날 아침마다 세계의 첫 아침을 맞는 기분이 된다. 이곳의 모든 석양은 해가 기울면서 갖가지 색으로 물들다가 끝끝내 어두워지고 마는 마지막 광선에 의해 엄숙하게 최후가 선언된 세상의 마지막 석양처럼 느껴진다. 바다는 푸르른 군청색이고, 길은 응고된 피처럼 검붉고, 해안은 노랗다. 이 모든 것이 태양의 녹색광선과 함께 사라져 버린다. 한 시간 뒤엔 모래언덕에 달빛이 넘쳐흐른다. 이제 별빛이 비처럼 쏟아지는 그지없는 밤이다. 이따금 폭풍우가 밤을 가로지른다. 번개가 모래언덕을 훑어 내리며 하늘을 창백하게 만들고 모래와 우리의 눈에 오렌지 빛 섬광을 드리운다.

하지만 이런 느낌은 나누어 가질 수 없다. 그것은 반드시 체험해 보아야 하는 것이다. 그러한 고독과 위대함은 장소에 잊지 못할 얼굴을 부여한다. 미지근한 새벽, 아직 검고 씁쓸한 첫 물결들이 지나가고 나면, 들어올리기도 무거운 밤의 물살을 가르고 새로운 존재가 탄생한다. 그렇게 나는 그 기쁨의 추억을 아쉬워하지 않은 채 다만 그것이 좋았다는 것만을 기억해 낸다. 이 기억은 여러 해가 흐른 뒤에도, 변함없기란 어려운 이 마음속 어딘가에 여전히 남는다. 나는 오늘이라도 그 황량한 모래언덕으로 돌아가고 싶으면 언제든 그 똑같은 하늘이 다시 한번 숨결과 별들의 비를 무한대로 쏟아 내리라는 것을 안다. 이곳이 바로 순수의 땅이다.

하지만 순수는 모래와 돌이 필요하다. 인간은 그곳에 사는 법을 잊어버렸다. 적어도 그렇게 믿을 수밖에 없는 것이, 인간은 권태가 잠든 이 독특한 도시 속으로 숨어들었기 때문이다. 그럼에도 오랑의 가치는 이 대면에서 생겨난다. 순수와 아름다움에 포위당한 권태의 수도, 이곳을 압박하는 군대의 병사들은 돌들의 수만큼이나 무량무변하다. 그러니 도시에서, 문득문득, 적진으로 넘어가고 싶은 유혹이 어찌나 강렬할지! 저 돌들과 하나가 되고 싶고, 역사와 역사의 소용돌이를 무시하는 저 뜨겁고 무심한 세계에 뒤섞이고 싶다는 유혹! 아마도 부질없는 생각이리라. 하지만 개개의 인간 속에는 파괴 본능도 창조 본능도 아닌, 뿌리 깊은 본능이 있다. 오직 아무것과도 닮고 싶지 않은 본능이. 오랑의 뜨거운 벽들이 드리운 그늘에서, 먼지 자욱한 아스팔트에서, 우리는 더러 이 초대의 소리를 듣는다. 얼마간 그것에 굴복하는 영혼들도 결코 좌절하지 않는 듯하다. 그것은 에우리디케의 어둠이고, 이시스의 잠이다. 여기, 요동치는 가슴에 저녁의 서늘한 손을 얹고서, 생각이 다시 기운을 차리는 사막이 있다. 이 감람산[16]에서는 밤샘기도가 무의미하다. 정신은 잠든 사도들에게로 가서 그들에게 동의한다. 그들은 정말로 과오를 범한 것일까? 어쨌든 그들은 계시를 받았다.

사막에 떨어진 석가모니를 생각해 보자. 그는 여러 해가 지나도록 그곳에서 가부좌를 틀고 앉아 하늘을 올려다보며 미동도 하지 않았다. 신들조차 그의 지혜와 돌과 같은 그의 운명을 부러워했다. 앞

16 예루살렘 동쪽에 있는 올리브 동산. 예수가 자주 와서 밤에 기도한 것으로 유명하고, 이곳에서 승천했다고 추측된다.

으로 내민 그의 굳은 두 손에서 제비들이 둥지를 틀었다. 하지만 어느 날, 제비들은 멀리 있는 땅의 부름에 날아가 버렸다. 그리고 자신 속에서 욕망과 의지, 영광과 번뇌를 물리친 그도 눈물을 흘리기 시작했다. 그렇게 꽃들이 바위틈에서 피어나기도 한다. 그렇다, 그래야 할 때는 돌에게 동의하도록 하자. 우리가 인간들의 얼굴에서 구하는 그 비밀과 격정을, 돌도 우리에게 줄 수 있다. 어쩌면 그것은 영속적이지 않을 수 있다. 하지만 세상의 무엇이 영속적이겠는가? 얼굴들의 비밀은 사라지고, 이제 우리는 욕망의 사슬 속에 다시 던져진다. 돌은 우리에게 인간의 마음 이상의 것을 해 줄 수는 없지만, 적어도 마음이 하는 만큼은 해 줄 수 있다.

"아무것도 되지 말자!" 이 위대한 외침은 수천 년의 세월 동안, 수백만의 사람들이 욕망과 번뇌에 저항하도록 일깨웠다. 그 메아리들이 수 세기를 거치며 대서양을 건너, 세계에서 가장 오래된 여기 이 바다까지 닿고는 사라진다. 메아리들이 아직 오랑의 빽빽한 절벽들에 부딪치며 둔탁하게 튀어 오른다. 이 나라에선 모두가 부지불식간에 메아리의 충고를 따르고 있다. 물론 그것은 거의 의미 없는 일이다. 무(無)는 절대(絶對) 만큼이나 닿을 수 없는 경지이기 때문이다. 하지만 우리는 장미와 인간의 고뇌가 우리에게 가져다주는 영원의 신호들을 은총처럼 받았으니, 대지가 우리에게 나누어주는 드문 잠으로의 초대 또한 물리치지는 말자. 이편도 저편처럼 진리를 담고 있다.

어쩌면 이것이 몽유병과 정신착란의 이 도시, 이곳의 아리아드네의 실일지도 모르겠다. 우리는 이 도시에서 일부 권태의 지극히 일시적인 미덕을 배운다. 목숨을 구하기 위해서는 미노타우로스에게 '네'라고 말해야 한다. 오래되고 보편적인 지혜다. 붉은 절벽 밑에서 조용히 일렁이는 바다를 굽어보며, 각각 오른쪽과 왼쪽에서 맑은 바다에 잠겨있는 두 개의 거대한 곶 사이, 그 중간 지점에서 정확히 균형을 유지하는 것으로 충분하다[17]. 그때서야 반짝이는 초인적인 힘의 억눌린 목소리가, 눈부신 빛 속에 잠겨 망망대해를 떠다니는 해안 경비선의 헐떡임 속에서 또렷하게 들려온다. 그것은 미노타우로스의 작별인사다.

정오이다. 낮 그 자체도 하루 중의 균형 상태다. 의식을 치르고 난 여행자는 해방이라는 보상을 받는다. 그가 절벽에서 주워드는, 수선화처럼 보송보송하고 부드러운 작은 돌이 그것이다. 깨달은 자에게 세계는 이 돌보다, 들어올리기에 더 무겁지는 않다. 그러니 양어깨로 하늘을 떠받치는 아틀라스의 임무란 얼마나 쉬운 것인가. 적절한 시간을 선택하기만 하면 그만인 것이다. 이제 이 해안이 한 시간, 한 달, 한 해 동안 자유로울 수 있다는 것이 이해된다. 이 해안은 수도사든 공무원이든 정복자든, 보지도 않고 마구잡이로 맞아들인다. 나는 어떤 날들엔 오랑의 거리에서 데카르트나 체사레 보르자[18]를 마주치는 우연을 기대하기도 했다. 하지만 그런 일은 일어나지 않았다. 어쩌면 나보다 더 운 좋은 사람이 있으리라. 예전엔 위대한 행동, 위대한 작품, 남성적인 명상에 사막이나 수도원의 고독이 필요했었

17 오랑은 황소 뿔처럼 서로를 마주한 메르스 엘케비르 곶과 카나스텔 곶 사이의 지중해 연안에 위치해있다.

18 르네상스 시대 이탈리아의 대주교이자 총사령관.

다. 그곳들에서 정신을 단련하며 하얗게 지새우는 밤들을 보냈더랬다. 오늘날은, 오래전부터 영혼 없는 아름다움에 길들여진 저 대도시의 공허 속보다 정신을 단련하기 위해 더 나은 곳이 어디 있겠는가?

여기 수선화처럼 부드러운 작은 돌이 있다. 이 돌이 모든 것의 시작점이다. 꽃들, 눈물들(필요하다면), 출발들, 투쟁들은 내일의 일이다. 한낮에 하늘이 광활하고 낭랑한 공간 속에서 빛의 샘을 열어놓으면, 해안의 곶이란 곶이 일제히 출발 직전의 함대 같은 외양을 띤다. 바위와 빛의 이 육중한 갤리온[19]들이 태양의 섬을 향해 질주할 채비라도 하듯, 선골 위에서 부르릉거리고 있다. 오, 오랑의 아침들이여! 고원 꼭대기에서 제비들이 대기가 부글거리며 끓고 있는 거대한 통 속으로 첨벙 뛰어든다. 해안 전체가 출발 준비를 마쳤다. 모험의 가벼운 설렘이 해안 전체에 퍼진다. 아마도 내일, 우리는 함께 출발할 것이다.

(1939)

---

19 16~18세기 대항해 시대를 대표하는 범선으로 아메리카에서 스페인으로 금은보화를 실어 날랐다.

아몬드나무들

“내가 세상에서 제일 감탄하는 게 뭔지 아시오? 바로 무언가를 창설하는 힘이 무력하다는 사실이오. 세상에서 힘을 가지고 있는 것은 오직 두 가지뿐이오. 검과 정신. 결국엔 검이 늘 정신에게 패배합니다.” 나폴레옹이 직접 제국의 내신으로 임명한 시인 루이 드 퐁탄에게 한 말이다.

이와 같이 정복자들은 때때로 우울해진다. 그 무수한 헛된 영광의 대가를 조금은 치러야 하는 것이다. 하지만 백여 년 전 검에 대해 진실이었던 것이 오늘날 탱크에 대해서도 똑같이 진실일 수는 없다. 정복자들이 득세했고, 정신이 죽어있는 장소의 음울한 침묵이 갈가리 찢긴 유럽을 여러 해 동안 지배했다. 프랑스가 네덜란드를 침공하여 벌어진 플랑드르 전쟁 중에도, 네덜란드 화가들은 닭장의 수탉들을 그렸을 것이다. 슐레지엔 신비주의자들의 기도는 아직도 일부 사람들의 가슴속에 살아있지만, 사람들은 프랑스와 영국 간에 벌어졌던 백년 전쟁도 잊었다. 오늘날은 사정이 달라졌다. 화가와 승려들도 징

집당한다. 우리 모두는 이 세계와 연대하기 때문이다. 정신은 한 정복자도 인정했던 그 제왕적 확신을 상실했다. 이제 정신은 힘을 통제할 수 없게 되자 힘을 저주하느라 사력을 다한다.

너그러운 영혼들은 그것이 잘못이라고 말하고 다닌다. 우리는 그러한 현상이 잘못인지 아닌지는 몰라도, 존재한다는 것은 안다. 결론은 어쨌든 대처해야 한다는 것이다. 그렇다면 우리가 무엇을 원하는지 아는 것으로 충분하다. 우리가 원하는 건, 더는 검 앞에서 결코 고개 숙이지 않는 것, 더는 정신을 섬기지 않는 힘에 결코 정당성을 부여하지 않는 것이다.

사실, 이것은 끝이 없는 과업이다. 하지만 그 과업을 계속하기 위하여 우리가 여기에 있는 것이다. 나는 진보에 찬동하기 위한 이성도 그 어떤 역사 철학도 믿지 않지만, 적어도 인간이 자신의 운명을 인식하면서 부단히 발전해 왔다고 믿는다. 우리는 우리의 조건을 극복하지 못했지만, 그것을 보다 더 잘 인식하게 되었다. 우리는 모순을 안고 있지만 모순을 거부해야 하고, 그것을 줄이기 위해 응당 할 일을 해야 한다는 것을 알고 있다. 우리에게 주어진 인간의 임무란 자유로운 영혼들의 끝없는 불안을 가라앉힐 몇 가지 처방을 찾는 것이다. 우리는 찢어진 것을 다시 꿰매야 하고, 너무도 명백하게 부당한 세계 속에서 정의를 꿈꿀 수 있도록 만들어야 하며, 세기의 불행에 중독된 민중들에게 행복이 의미 있도록 만들어야 한다. 당연히 초인적인 과제다. 하지만 인간이 완수하는 데 오래 걸리는 것을 초인적인 과제라 일컫는 것이고, 그뿐이다.

그러니 우리가 원하는 바를 알고 있자. 혹여 힘이 사상이나 안락의 얼굴로 우리를 현혹할지라도, 굳은 정신을 유지하도록 하자. 첫째는 절망하지 않는 것이다. 세계의 종말을 외치는 자들의 말에 크게 귀 기울이지 않도록 하자. 문명은 그리 쉽사리 사멸하지 않는다. 비록 이 세계가 무너진다 해도 다른 세계들이 무너지고 난 뒤의 일일 터다. 우리가 비극적인 시대에 살고 있는 것은 자명하다. 하지만 너무도 많은 사람들이 비극과 절망을 혼동한다. 영국 소설가 로렌스는 말했다. “비극이란 불행을 걷어차는 힘찬 발길질 같은 것이리라.” 그야말로 건전하고 당장에 적용할 수 있는 생각이 아닌가. 오늘날 많은 것들이 이러한 발길질 감이다.

알제에 살던 시절, 겨울이 되면 나는 늘 참고 기다렸다. 서늘하고 순결한 2월의 어느 날, 레 콩쉴 계곡의 아몬드나무들이 단 하룻밤 만에 하얀 꽃으로 뒤덮이리라는 것을 알았기 때문이다. 그러고 나면 나는 눈꽃같이 연약한 그 꽃들이 그 모든 빗줄기와 바닷바람을 견디는 것에 경탄하곤 했다. 꽃들은 매년 열매를 맺을 준비에 딱 필요한 만큼씩 버텨냈다.

여기에 어떤 상징이 있는 것은 아니다. 상징으로는 행복을 쟁취할 수 없을 것이다. 행복에는 보다 진지한 무엇이 필요하다. 나는 다만 아직 불행 한가운데 있는 이 유럽에서 때로 삶의 무게가 지나치게 버거워질 때, 그토록 많은 힘들이 여전히 건재한 저 빛나는 나라로 돌아간다는 말이 하고 싶었을 뿐이다. 나는 그곳이 관조와 용기가 균형을 이룰 수 있는 선택받은 땅이라는 것을 모르지 않을 만큼 그곳에 대해 잘 안다. 나는 그곳의 모범적인 명상을 통해서, 정신을 구하고 싶다면 신음하고 불평하는 정신의 미덕일랑은 제쳐두고서, 힘과 위용을 고취해야 한다는 것을 배웠다. 이 세계는 불행에 중독되어 그것을 즐기는 듯하다. 이 세계는 니체가 무거움의 정신[1]이라고 불렀던 악에 온통 몰두해 있다. 그 악을 거들지 말자. 정신을 안타까워하며 우는 것은 헛된 일이니, 그저 정신을 위해 일하는 것으로 족하다.

그렇다면 의기양양한 정신의 미덕은 어디에 있는가? 이번에도 니체가 무거움의 정신에 치명적인 적으로서 그 미덕들을 열거했다. 니체 생각으로 그것은 강한 의지력, 취향, 이 '세계', 고전적 행복, 확고한 자긍심, 현자의 냉정한 검약이다. 이 미덕들은 그 어느 때보다 필요한바, 저마다 자신에게 적합한 미덕을 선택할 수 있을 것이다. 우리가 연루된 승부의 중차대함으로 미루어, 어쨌든 강한 의지력을 잊지 않도록 하자. 선거유세 연단에서 볼 수 있는 미간의 찡그림이나 위협에 수반되는 것이 아니라, 흰빛과 수액의 미덕으로 모든 바닷바람에 저항하는 의지력 말이다. 세계의 겨울 동안, 열매 맺을 준비를 하는 것은 바로 그 힘이다.

(1940)

1 『차라투스트라는 이렇게 말했다』 인용.

저승의 프로메테우스

대립하는 존재가 전혀 없는 신이란,
내게는 무언가 불완전해 보였다.

루키아노스 『캅카스의 프로메테우스』

•

오늘날 인간에게 프로메테우스는 무엇을 의미할까? 신들에게 맞섰던 그 반항아는 아마도 현대인의 모델이고, 수천 년 전 스키타이 사막에서 벌어졌던 이 항거는 오늘날 유례없는 역사의 격동 속에서 마무리되고 있다고 말할 수 있을 것이다. 동시에 그 박해받은 자가 우리 가운데서 계속해서 박해받고 있고, 우리는 그가 고독하게 보내오는 신호인 인간적 반항의 절규에 여전히 귀를 막고 있다는 생각이 든다.

오늘날의 인간은 이 좁은 땅덩어리에서 어마어마한 규모의 집단적 차원으로 고통받고 있고, 불도 양식도 박탈당했으며, 그런 인간에게 자유란 그저 꿈만 꿀 수 있는 사치에 불과하다. 그래서 인간의 유일한 문제는 기껏해야 좀 더 고통받는 것에 관한 것이다. 자유와 그 자유의 마지막 증인들의 유일한 문제가 여전히 좀 더 사라지는 것이듯 말이다. 프로메테우스, 이 영웅은 인간에게 불과 동시에 자유를, 기술과 동시에 예술을 가져다줄 정도로 인간을 사랑했다. 오늘날 인류는 오직 기술만을 필요로 하고, 기술에만 관심을 기울인다. 인류는 기계 속에서 반항하고, 예술과 예술이 의미하는 바를 장애물이나 속박의 신호로 간주한다. 반면에 프로메테우스의 특징은 기계와 예술을 분리하지 않는다는 점이다. 그는 육체와 동시에 영혼도 해방시킬 수 있다고 믿는다. 현대인은 영혼이 잠정적으로 죽는 한이 있더라도 우선 육체를 해방시켜야 한다고 생각한다. 그런데 영혼이 잠정적으로 죽을 수 있는 것이던가? 실제로 프로메테우스가 살아 돌아온다면 오늘날의 인간들도 그때의 신들이 그랬던 것과 별반 다르지 않으리라. 즉 그들은 최초의 상징인 바로 그 휴머니즘의 이름으로 그를 바위에 못 박아 놓을 것이다. 그 패자를 모욕하는 적들의 목소리는 아이스킬로스[1]다운 비극의 문턱에서 쩌렁거리며 울려 퍼지는 목소리들과 또한 동일하리라. 힘의 목소리, 폭력의 목소리 말이다.

내가 이 인색한 시대에, 헐벗은 나무들에, 세계의 겨울에 굴복한 것일까? 하지만 빛을 향한 이 향수 자체가 내가 옳다는 방증이다. 이 향수는 내게 다른 세상, 내 진짜 조국에 대해 이야기하고 있으니 말이다. 일부 인간들에게도 이 향수가 의미 있는 것일까? 전쟁이 일어나던 해에, 나는 오디세우스의 항해 길을 그대로 밟아볼 예정이었다. 그 시대엔 가난한 젊은이조차 빛을 찾아 바다를 건너는 호화로운 계획을 세울 수 있었다. 하지만 나는 다들 하는 대로 따랐다. 뱃길에 오르지 않았던 것이다. 나는 열린 지옥 문 앞에서 쿵쿵거리며 전진하는 대열에 합류했다. 우리는 차츰차츰 지옥으로 진입했다. 무고

1 고대 그리스의 비극 작가. 희랍 비극의 기틀을 세워 '그리스 비극의 아버지'라 불리며 그의 비극들을 모아서 묶은 『비극 전집』에 '결박된 프로메테우스'가 포함돼있다.

한 희생자의 첫 비명이 울리며 우리의 등 뒤로 철컥 문이 닫혔다. 우리는 지옥에 들어섰고 절대 다시 나가지 못했다. 그 뒤로 6년의 기나긴 세월 동안 우리는 그 속에서 각자도생하고 있다. 행운의 섬들[2]의 따사로운 환영들은 태양도 불도 없는, 아직 오지 않은 기나긴 미래의 끝자락에서나 어른거릴 뿐이다.

이 어둡고 습한 유럽에서 19세기 낭만주의 작가인 노년의 샤토브리앙이 그리스로 떠나는 작가이자 여행가인 젊은 장자크 앙페르에게 던진 이 외침을 어찌 회한과 통탄스런 공감으로 전율하지 않은 채 받아들일 수 있겠는가. "자네는 아티카에서 내가 보았던 올리브나무 이파리 하나, 포도씨 한 톨도 찾을 수 없을 걸세. 생각하면 그 시절의 풀 한 포기까지도 그리워. 나는 히스 한 포기조차 살릴 힘이 없었다네." 우리 또한 펄떡거리는 젊은 피에도 불구하고 이 마지막 세기의 끔찍한 노년 속에 갇혀 모든 시절의 풀들과, 그것만 보겠다고 찾아가지는 않을 올리브나무 이파리와, 자유의 포도들을 그리워한다.

인간은 도처에 있으며 그의 절규, 고통, 위협도 도처에 있다. 그 모든 피조물의 집단들 틈에 이제 귀뚜라미가 살 자리는 없다. 역사는 히스조차 자라나지 않는 불모의 땅이다. 그럼에도 오늘날의 인간은 역사를 선택했다. 이제 그 역사를 외면할 수도 없고, 외면해서도 안 된다. 그러나 인간은 역사를 통제하기는커녕, 매일 조금씩 더 역사의 노예가 되는 것을 받아들이고 있다. 바로 이 지점에서 인간은 '담

2 장 그르니에의 『섬』 인용. 상상 속의 이상적 공간으로 카뮈가 훗날 이 에세이의 개정판에 서문을 썼다.

대한 생각과 경쾌한 마음[3]'의 아들인 저 프로메테우스를 배반한다. 프로메테우스가 해방시키려 했던 인간의 환난으로 되돌아가는 것도 이 지점이다. '그들은 보지 않고서 보았다네, 듣지 않고서 들었다네, 꿈의 형상들과 마찬가지로…….'[4]

그렇다, 세상의 모든 것들이 아직 할 일이라는 것을 깨닫기 위해서는 프로방스의 어느 저녁, 어느 완벽한 언덕, 소금 냄새면 충분하다. 이제 불을 다시 발명하고, 육체의 허기를 달래기 위해 다시 작업대를 설치해야 한다. 아티카, 자유, 포도 수확, 영혼의 빵은 나중의 일이다. "그런 것들은 이젠 없는 것이거나 다른 사람들을 위한 거야." 스스로에게 이렇게 외친 뒤, 적어도 그 다른 사람들은 좌절하지 않도록 해야 할 일을 하는 것 외에 우리가 달리 무엇을 할 수 있단 말인가. 이러한 임무를 고통스럽게 느끼면서도 기꺼운 마음으로 받아들이려 노력하는 우리는 뒤처진 것일까, 앞서가는 것일까, 과연 우리에게는 히스를 되살릴 힘이 있는 것일까?

혼란의 세기에 제기되는 이 질문에 프로메테우스는 어떤 대답을 내놓을지 상상해 본다. 사실 그는 이미 답했다. "오, 죽을 운명의 인간들이여, 내 그대들에게 개혁과 회복을 약속하노니, 대신 그대들은 그에 따르는 작업을 그대들의 손으로 직접 해낼 정도로 충분히 솜씨 좋고, 충분히 어질고, 충분히 강인해야 하리라." 구원이 우리의 손에 달린 것이 사실이라면, 나는 내가 아는 몇 사람들에게서 늘 느끼는 저 성찰의 힘과 신중한 용기를 떠올리며 이 세기의 질문에 '네'라고

---

3 아이스킬로스의『결박된 프로메테우스』인용.

4 『결박된 프로메테우스』

답할 것이다. 프로메테우스는 외친다. "오, 정의여, 오, 내 어머니시여, 내가 당하는 고통이 보이지 않으십니까?" 헤르메스가 영웅을 비웃는다. "명색이 신이라는 자가 정작 자신이 당할 형벌을 내다보지 못하다니 놀랍도다." "알고 있었노라." 반항아가 대꾸한다. 내가 언급한 사람들도 정의의 아들들이다. 그들 또한 까닭을 알기에, 모든 이들의 불행에 아파한다. 그들은 눈먼 정의란 없고, 역사에는 눈이 달리지 않았으니 역사의 정의 따위는 던져버리고서 그 자리를 가능한 한 인간의 정신이 구상한 정의로 대체해야 한다는 것을 잘 알고 있다. 바로 이 지점에서 프로메테우스가 우리의 세기로 다시 돌아온다.

신화는 그 자체로는 생명력이 없다. 신화는 우리가 형상화해 주기를 기다린다. 세상의 단 한 사람이라도 그 부름에 응한다면, 신화는 우리에게 자신의 진액을 원형 그대로 내줄 것이다. 우리가 할 일은 이 진액을 보존하여 잠들었던 신화가 죽지 않고 부활하게 하는 것이다. 때로는 작금의 인간에게 구원이 허락된 것인지 의문스럽다. 하지만 그들의 후손들은 육체와 정신 둘 다를 구원받는 것이 아직은 가능하다. 그 아이들에게 행복과 아름다움의 기회를 동시에 제공하는 것은 가능하다. 우리는 아름다움과 아름다움이 의미하는 자유 없이 살아가는 것을 체념해야 할지도 모른다. 그럴 때 프로메테우스 신화는 인간의 모든 손상은 일시적이며, 인간 전체를 위하는 일이 아니라면 누구도 위하는 일이 아님을 우리에게 상기시키는 신화들 중 하나이다. 인간에게 빵과 히스가 절실한 상황에서, 빵이 보다 긴요하더라도 히스의 추억을 간직하도록 하자. 가장 어두운 역사의 한복판에서 프로메테우스의 인간들은 그들의 고된 직무를 멈추지 않으면서,

대지와 불굴의 히스에서도 눈을 떼지 않을 것이다. 결박당한 영웅은 신들이 내린 천둥과 번개 속에서도 인간에 대한 확고한 믿음을 지킨다. 그렇게 그는 그가 묶여있는 바위보다 단단하고, 그의 간을 쪼아먹는 독수리보다 인내심이 강하다. 우리에겐 이 오랜 끈질김이 신들에게 맞선 반항보다 더 의미 깊다. 어느 것에서도 벗어나지 않고 어느 것도 물리치지 않으려는 저 경탄스러운 의지가 인간의 고통스러운 마음과 세계의 봄을 늘 화해시켰고, 앞으로도 화해시킬 것이다.

(1946)

과거 없는 도시들을 위한
간략한 여행가이드

알제의 부드러움은 차라리 이탈리아에 가깝다. 오랑의 인정사정 없는 강렬한 햇빛은 어딘가 스페인을 닮았다. 뤼멜 협곡을 굽어보는 암벽 위에 자리 잡은 콩스탕틴은 톨레도[1]를 연상시킨다. 그러나 스페인과 이탈리아는 추억과 예술작품과 희귀한 유적들로 넘쳐난다. 톨레도엔 엘 그레코[2]와 모리스 바레스[3]가 있다. 내가 이야기하는 도시들은 이들과는 반대로 과거가 없다. 그러니까 버려지지도 않았고, 감회에 젖지도 않는 도시들이다. 낮잠의 시간인 권태의 시간에는 슬픔

---

1 스페인 중부 도시로 유네스코 세계문화유산에 등재되었고 기독교, 유대교, 이슬람교 유적이 공존한다.

2 16~17세기 그리스 출신의 스페인 화가. 주로 종교화와 초상화를 그렸다. 신비롭고 역동적이며 표현적인 화풍으로 서양미술사에서 독특한 자기만의 양식을 창조한 거장으로, 말년 40년을 톨레도에서 활동했다. 이례적으로 남긴 두 점의 풍경화는 걸작으로 평가받는데 모두 톨레도 풍경을 담았다. 그는 작품의 프레임까지도 조각하는 경우가 많았고 주요작품들은 이동이 불가능하여 그의 진면목을 보려면 톨레도나 마드리드에 가야한다.

3 19~20세기 초반에 활동한 프랑스 작가이자 정치가. 저서 중에 『그레코, 혹은 톨레도의 비밀』이 있다. 톨레도 시에서 그를 톨레도의 '영혼의 아들'이라 칭하며 그의 이름을 붙인 길까지 만들었다.

이 사무쳐서, 조용한 우울의 자리조차 없다. 아침에 누리는 햇살, 혹은 밤에 누리는 자연의 호사 속에서, 기쁨은 오히려 달콤하지 않다. 이 도시들은 명상을 위해서는 아무것도 제공하지 않지만, 열정을 위해서는 모든 것을 내준다. 지혜나 섬세한 취향과는 거리가 먼 도시들이다. 바레스나 그와 비슷한 부류들이 그곳에 간다면 기진하여 너덜너덜해진 채 나가떨어지리라.

열정적인(다른 것들에 대한 열정) 여행자들, 지나치게 예민한 지성인들, 탐미주의자들, 신혼부부들은 이 알제리 여행에서 얻을 것이 아무것도 없다. 절대적인 소명감에 불타는 것이 아니라면, 누구에게도 은퇴 후에 그곳에서 영원히 살라고 권할 수는 없을 것이다. 더러 파리에서, 내가 높이 평가하는 사람들이 알제리에 대해 물어오면 이렇게 외치고 싶어진다. "거기 가지 마세요." 이 농담은 어느 정도 진담이다. 내 눈엔 그들이 알제리에서 기대하는 것을 얻지 못하리라는 것이 확연하기 때문이다. 동시에 나는 이 나라의 위용과 의뭉스러운 힘을 안다. 이 나라에서 머뭇거리는 사람들을 붙잡아두고, 마비시키고, 일단 모든 질문을 차단한 뒤 결국엔 매일의 삶 속에서 잠들어 버리게 하는 저 교묘한 방식을 잘 알고 있다. 얼마나 눈부신지 언뜻 캄캄했다가 다음 순간 새하얘지는 저 햇빛의 새삼스러운 발견에 일단은 무언가 숨이 막힌다. 그렇게 점차로 햇빛에 자신을 맡기고 헤어나오지 못하다가 문득 과하게 기나긴 그 찬란함이 영혼에는 하등 도움이 되지 않음을, 그건 단지 비정상적 쾌락에 불과하다는 것을 깨닫게 된다. 그렇게 되면 정신적인 것으로 되돌아가고 싶게 마련이다. 하지만 이 고장 사람들은, 바로 그것이 그들의 힘이겠으나, 정신보다는 마음이 우선인 듯하다. 그들은 당신들의 친구가 될 수 있지만(얼마나 근사한 친구인지!), 무람없이 마음을 터놓을 상대는 아닐 것이다. 이는 영혼의 소비가 막대하며, 고백의 물길이 분수들과 조각상들과 정원들 사이로 졸졸 소리를 내며 끝도 없이 흐르는 파리에서라면 아마 두려운 부분으로 여겨질 수 있으리라.

이 땅과 가장 흡사한 곳은 스페인이다. 그러나 전통이 없다면 스페인은 그저 아름다운 사막에 불과할 것이다. 어쩌다가 그곳에서 태어난 것이 아닌 한, 사막에 가서 평생 살기를 꿈꾸는 사람은 특정 종족뿐이다. 사막에서 태어난 나로서는 이곳에 대해 방문객처럼 이야기할 수는 없다. 깊이 사랑하는 여인의 매력을 항목별로 조목조목 읊을 수 있겠는가? 그럴 수 없다, 그냥 전체를 사랑하는 것이다. 굳이 감행한다면, 특유의 입술을 삐죽거린다든지 고개를 설설거리는 식의 사람 마음을 녹이는 한두 가지 구체적인 보기를 들 수는 있겠다. 이처럼 나는 알제리와 아마도 영원히 끝나지 않을 오랜 연이 있고, 그렇기에 이 나라에 대해 완벽하게 냉철할 수 없다. 다만 애써 시도한 끝에, 어쩌면 추상적인 방식으로 좋아하는 것 속에서 좋은 점들을 세세하게 가려볼 수는 있다. 그러니까 내가 여기서 알제리에 대해 시도할 수 있는 것은 초등학교 연습문제 푸는 것과 같은 것이다.

우선 그곳의 젊은이들은 아름답다. 당연히 아랍인들이 대부분이고, 다른 민족도 있다. 알제리의 프랑스인들은 무작위로 섞인 혼혈인들이다. 스페인인들, 알자스인들, 이탈리아인들, 몰타인들, 유대인들, 그리스인들이 그곳에서 만났다. 이 무차별적 교배가 미국처럼 다행스러운 결과를 낳았다. 알제 거리를 거닐며 여성들과 젊은 남성들의 손목을 보라, 그런 다음 파리의 지하철에서 마주치는 사람들을 보라.

아직 젊은 여행자들은 그곳의 여성들이 아름답다는 사실을 알아차릴 것이다. 그 점을 확인할 수 있는 최고의 장소는 알제의 미슐레 가에 위치한 카페 데 파퀼테[4]의 테라스다. 단, 4월의 일요일 오전에 가야한다. 그곳에 가면 샌들을 신고 강렬한 원색의 얇은 옷을 걸친 젊은 여성들이 무리 지어 길을 오르내린다. 거기서는 거짓된 수치심 없이 그녀들에게 감탄할 수 있다. 그녀들도 그러라고 오는 것이니 말이다. 오랑의 갈리에니 대로에 위치한 생트라 주점 또한 훌륭한 관망대다. 콩스탕틴에서는 언제든 야외음악당 주위를 어슬렁거리면 된다. 다만 바다에서 수백 킬로미터 떨어진 곳이라서인지, 그곳에서 마주치는 피조물들은 무언가 좀 아쉽다. 일반적으로 이러한 지리적 조건 때문에 콩스탕틴의 매력이 덜한 것은 사실이지만, 권태의 질은 한층 순도 높다.

여름에 오는 여행자가 가장 먼저 할 일은 응당 도시를 에워싸고 있는 해변으로 달려가는 것이다. 그곳에서도 똑같은 젊은이들을, 옷을 덜 걸쳤기에 훨씬 눈부신 젊은이들을 보게 될 것이다. 그때 태양에 비친 그들의 눈은 커다란 짐승의 졸린 눈처럼 보인다. 그런 점에서 자연과 여성들이 가장 야성적인 오랑의 해변이 가장 아름답다.

이국적인 눈요기를 원한다면 알제에서는 아랍 도시를, 오랑에서는 흑인 마을과 스페인 구역을, 콩스탕틴에서는 유대인 구역을 볼 수 있다. 알제는 대로들이 해변을 따라 기다란 목걸이처럼 이어진다. 그곳

4 '대학 카페'의 뜻.

을 밤에 산책해야 한다. 오랑은 나무가 적은 대신 세상에서 가장 아름다운 돌들이 있다. 콩스탕틴에는 사진 찍기 좋은 장소인 구름다리가 있다. 바람이 거센 날에는 뤼멜 협곡 위에 매달린 구름다리가 마구 흔들려 위협을 느끼기도 한다.

감수성이 풍부한 여행자들이 알제에 간다면 항구의 궁륭 밑에서 아니스 술을 마시고, 아침에는 페슈리[5] 식당에 가서 갓 잡아 올려 숯불화로에 구운 신선한 생선을 먹을 것을 추천한다. 그런 다음 라 리르 가에 위치한, 지금은 이름이 생각나지 않는 작은 카페에 가서 아랍 음악을 들은 뒤에, 저녁 6시에는 구베르망 광장의 오를레앙 대공 조각상 밑 땅바닥에 앉아보라(대공 때문이 아니라, 사람들이 많이 지나다니는 활기찬 곳이기 때문이다). 바닷가에 있는 파도바니 식당에 가서 점심을 먹어 보라. 기둥들로 떠받쳐 세운 일종의 댄스홀인 그곳에서는 인생이 마냥 쉽게만 느껴진다. 아랍 묘지에 가서 일단 그곳에 감도는 평화와 아름다움을 마주한 뒤에, 우리가 망자들을 안치하는 음산한 구역의 의미를 헤아려 보라. 카스바의 레 부셰[6] 가에 가서 비장과 간과 창자간막과 곳곳에서 피가 흐르는 시뻘건 허파들 틈 속에서 담배를 피워보라(중세시대처럼 지독한 악취를 풍기는 이곳에서 담배는 필수다).

그 밖에는 오랑에 가면 (오랑 항구의 무역항으로서의 우월성을 강조하면서) 알제 험담을 할 줄 알아야 하고, 알제에 가면 (오랑 사람들은 '인생을 모른다'는 의견에 무조건 맞장구치면서) 오랑을 비웃을 줄 알아야 한다.

---

5 '어장'의 뜻.

6 '정육점 주인'의 뜻.

특히 어떤 경우에도 프랑스 본토보다 알제리가 우월하다는 것을 겸허히 인정해야 한다. 그렇게 한발 물러나면, 프랑스인들보다 알제리인들이 진정 우월하다는 것을 깨달을 기회를 얻게 될 것이다. 다시 말해 그들의 한계 없는 너그러움과 타고난 환대하는 기질을 맛보게 될 것이다.

이쯤에서 일체의 아이러니를 거두고 말하는 것이 좋을 듯하다. 이러니저러니 해도 우리가 사랑하는 것에 대해 이야기하는 가장 좋은 방법은 그것에 관해 단순하게 이야기하는 것이리라. 나는 알제리에 대한 것이라면 내 안에서 나와 알제리를 잇는 내면의 현을 건드려 내가 익히 아는 맹목적이고도 거대한 울림의 노래를 읊어댈까 늘 두렵다. 하지만 적어도 알제리는 내 진정한 조국이라고, 세상 어디서든지 그들만 마주하면 내 얼굴에 절로 퍼지는 이 우정의 웃음으로 알제리의 자식과 형제들을 알아볼 수 있다고 말할 수 있다. 그렇다, 알제리의 도시들에서 내가 좋아하는 것을 그곳에 사는 사람들과 분리해서 생각할 수 없다. 바로 그런 이유로 나는 저녁이 되면 그곳에 가고 싶어진다. 사무실과 집들이 조잘거리는 군중의 물결을 아직 어둑한 거리로 쏟아내고, 그 물결은 바닷가 대로까지 왁자하게 흘러간다. 밤이 깊어지면서 하늘의 별빛과 해안의 등대와 도시의 불빛들이 점차로 구분되지 않는 한 덩어리로 너울거림에 따라 군중의 물결은 잠잠해진다. 그렇게 온 민중이 물가에서 묵상하며, 군중 속에서 수천 가지 고독이 솟구친다. 그렇게 시작되는 것이다, 아프리카의 위대한 밤들은, 장엄한 추방은, 고독한 여행자를 기다리는 절망적인 열광은……

아니다, 당신의 심장이 미지근하다면, 당신의 영혼이 초라한 짐승에 불과하다면 결단코, 가지 말기를! 다만 긍정과 부정, 정오와 자정, 반항과 사랑 사이에서 찢기는 고통을 아는 이들을 위해서라면, 바닷가의 모닥불을 사랑하는 이들을 위해서라면, 그곳엔 그들을 기다리는 불꽃이 있으니.

(1947)

헬레네[1]의 추방

1 그리스 신화에 등장하는 절세 미녀. 제우스의 딸로 스파르타 왕 메넬라오스의 아내였으나 트로이 왕자 파리스의 유혹에 넘어가(다른 설로는 파리스에게 납치되어) 트로이로 가는 바람에 그리스와 트로이 사이에 전쟁이 벌어진다. 전쟁은 결국 그리스 군이 목마 속에 숨어 트로이에 잠입함으로써 그리스군의 승리로 끝난다. 이후 '트로이의 목마'는 위장 침입 전술의 상징이 되었다.

지중해는 안개의 비극성과는 다른 태양의 비극성을 지닌다. 어느 저녁 산발치 바닷가 작은 만의 완벽한 곡선 위로 밤이 깃들면, 최고조에 이른 불안이 고요한 바다에서 피어오른다. 그리스인들이 절망에 사로잡힌다면 그건 늘 아름다움과 그것이 지니는 숨 막히는 고통 때문이라는 것을, 이런 장소에 오면 이해하게 된다. 이 황금빛 불행 속에서 비극은 절정에 다다른다. 반대로 우리 시대의 절망은 추함과 격동 속에서 자라났다. 유럽이 비천해진 이유가 여기에 있다. 혹시라도 고통이 비천해진다면 말이다.

우리 유럽은 아름다움을 추방했고, 고대 그리스인들은 아름다움을 위하여 무기를 들었다. 이것이 제일 두드러지는 차이지만, 그 역사는 아주 오래전으로 거슬러 올라간다. 그리스 사상은 늘 한계의 개념을 피난처로 삼았다. 신의 영역도 이성의 영역도 부정하지 않았기에, 신의 영역도 이성의 영역도 극단으로 밀어붙이지 않았다. 그리스 사상은 빛으로 어둠과 균형을 이루고, 모든 것을 고려했다. 반면에 전체를 정복하겠다고 나선 우리 유럽은 도를 넘은 야욕의 자식이다. 유럽은 자신이 열광하지 않는 모든 것을 부정하듯, 아름다움을 부정한다. 방식은 각기 달라도 유럽은 오직 한 가지, 바로 이성이 지배하는 미래의 제국에만 열광한다. 유럽은 광기 속에서 영원한 한계를 저버리고, 그 순간 어두운 지하 세계의 에리니에스[1]가 달려들어 유럽을 갈가리 찢어놓는다. 복수의 여신이라기보다는 율법의 여신인 네메시스[2]는 아직 지켜보고 있다. 한계를 넘는 모든 것은 네메시스에게 가차 없이 처벌당한다.

수 세기 동안 정의란 무엇인가를 자문했던 그리스인들은 우리의 정의 개념을 전혀 이해하지 못할 것이다. 그들에게 공정함이란 어떤 한계가 전제된 것인데 반해, 우리 대륙은 전체적이기를 바라는 정의를 추구하느라 요동친다. 고대 그리스 사상의 여명기를 대표하는 철학자 헤라클레이토스는 이미 정의가 물질계 자체를 한계선으로 한정한다고 상상했다. '태양은 자신의 한계선을 넘지 않으리라. 그렇지 않으면 정의를 수호하는 에리니에스가 그 사실을 알게 되리라[3].' 우주와 정신을 궤도에서 이탈시킨 우리는 이 경고를 웃어넘긴다. 우리는 취한 하늘을 우리가 원하는 태양으로 밝힌다. 하지만 그래봤자 한계선은 존재하고 우리도 그 사실을 알고 있다. 더할 수 없는 극단

---

1 복수의 세 여신, 알렉토, 티시포네, 메가이라를 이르는 복수형으로(단수형은 에리니스) 자매들이다. 온갖 죄를 엄벌하고 현세에서뿐 아니라 죽은 사람도 벌한다.

2 복수의 여신으로 알려져 있으나 복수는 표면적인 역할이고, 무엇보다 순리를 의미하는 율법의 여신이다. 인간의 오만, 과도한 야욕, 과대망상을 벌한다. 자만한 인류는 네메시스에 의해 초라해졌고, 초라해진 인류는 네메시스에 의해 다시 일어섰다.

3 Y. 바티스티니 번역(원주). - 그리스학자 이브 바티스티니가 고대 그리스어를 번역하고 해설한 『에페수스의 헤라클레이토스』 인용.

의 광기 속에서 우리는 우리가 등 뒤로 버려두었으나 순진하게도 온갖 착오 끝에 되찾을 수 있으리라 믿고 있는 균형을 꿈꾼다. 유아적인 오만이고, 우리의 광기를 물려받은 유치한 민중이 오늘날 우리의 역사를 이끄는 것을 이 오만이 정당화한다.

다시 한번 헤라클레이토스의 단상을 끌어오면 이런 간단한 발언도 있다. '오만은 진보의 퇴행이다.' 이 에페수스 출신 철학자 이후 수 세기가 흘러 소크라테스는 사형선고의 위협 앞에서, 자신의 단 한 가지 우월성만을 인정했다. 즉 자신이 모르는 것을 안다고 믿지 않는 것. 수 세기를 이어오며 가장 모범적이었던 삶과 사상이 무지를 자부하는 고백으로 끝을 맺었다. 우리는 이 사실을 망각하면서 우리의 당당함도 망각했다. 우리는 위대함을 흉내 내는 권력을 택했다. 먼저 알렉산드로스 대왕을, 다음으로는 우리의 교과서 저자들이 비길 데 없는 저속한 영혼으로 우리에게 찬미하라고 가르친 로마의 정복자들을 말이다. 그리고 이번엔 우리 스스로 정복자가 되어 한계선을 이동시키고, 하늘과 땅을 통제한다. 우리의 이성이 세상을 일거에 비워버렸다. 결국 우리만이 남게 되어, 우리는 사막에 우리의 제국을 완성한다. 그러니 자연이 역사와 아름다움과 선함과 조화를 이루고, 피가 낭자한 비극 속까지도 수의 음악을 불어넣는 그 우월한 균형을 어찌 상상인들 할 수 있겠는가? 우리는 자연에게 등을 돌리고, 아름다움을 수치스럽게 여긴다. 우리의 남루한 비극에서는 사무실 냄새와 비극이 쏟아낸 걸쭉한 잉크 색 피비린내가 떠나지 않는다.

바로 이러한 이유로 오늘날 우리가 그리스의 후예를 자처하는 것은 온당치 않다. 오히려 우리는 변절한 후예다. 우리는 역사를 신의 옥좌에 앉혀놓고서 그리스인들이 살라미스 해전에서 목숨을 다해 싸웠던 이른바 야만인들처럼, 신정 정치를 향해 행군한다. 우리와 그리스인들의 차이를 알고자 한다면, 플라톤의 진정한 라이벌인 우리 세대의 철학자에게 물어야 한다. '오직 현대 도시만이 정신에게 스스로를 인식할 수 있는 터전을 제공한다.' 헤겔은 감히 이렇게 썼다. 그리하여 우리는 대도시의 시대를 살고 있다. 그리고 세계에서 세계를 영원하게 하는 것들, 즉 자연, 바다, 언덕, 저녁의 명상을 결연히 잘라냈다. 이제 역사는 거리에서만 찾을 수 있는바, 의식도 거리에서만 찾을 수 있다. 법령도 그런 법령이 없다. 그 결과 우리 시대의 가장 의미 있는 작품들도 같은 입장임을 증언한다. 도스토옙스키 이후로 유럽의 위대한 문학에서는 풍경을 찾으려야 찾을 수 없다. 역사는 역사 이전에 존재했던 자연의 세계도, 역사보다 우위인 아름다움도 설명하지 못한다. 다시 말해 그것들을 무시하는 편을 택한 것이다. 플라톤은 무의미, 이성, 신화, 이 모든 것을 다루었는데, 우리의 철학자들은 무의미만을 다루거나 이성만을 다룰 뿐이다. 그 밖의 것에는 눈을 감아버렸기 때문이다. 두더지가 명상하는 격이다.

세계에 대한 성찰을 영혼의 비극으로 대체하기 시작한 것은 기독교다. 그나마 기독교는 적어도 영혼의 본성을 따랐고, 그 덕분에 어떤 불변성을 견지했다. 신이 죽고 나자, 역사와 권력만 남았다. 오래전부터 우리 시대의 철학자들은 인간의 본성이라는 개념을 상황의 개념으로 대체하고, 고대의 조화를 우연의 무질서한 충동이나 이성의 거침없는 행보로 대체하는 데만 전력을 기울였다. 그리스인들이 의지를 이성으로 한정한 반면, 우리는 끝내 이성의 중심에 의지의 충동을 들씌웠고 이것은 치명적인 결과를 가져왔다. 그리스인들은 가치를 모든 행동의 앞 단계에 내세워 명확한 한계를 설정했다. 현대의 철학자들은 가치를 행동의 끝 단계에 위치시킨다. 가치는 존재하는 것이 아니라 생성되는 것이고, 우리는 역사의 완성 단계에 이르러서야 비로소 그 가치를 인식한다. 가치들과 함께 한계도 사라진다. 가치에 대한 개념이 저마다 다르고, 그와 같은 가치들의 견제 없이는 가치 확립을 위한 어떠한 투쟁도 무한히 확장되지 않기에, 오늘날 메시아 신앙들이 대립하는 것이고 그렇게 그들의 떠들썩한 주장은 제국들 간의 충돌 속에 녹아든다. 헤라클레이토스에 따르면 무절제는 화재와 같다. 불길이 번지며 망치를 든 철학자인 니체를 삼켜버렸다. 유럽 철학은 망치질이 아니라 대포를 쏘아댄다.

그럼에도 자연은 늘 그 자리에 있다. 자연은 고요한 하늘과 이치를 인간의 광기에 대립시킨다. 원자탄이 폭발하고, 역사가 이성의 승리와 인류의 단말마 속에서 종결될 때까지. 그리스인들은 결코 한계를 넘어설 수 없다고 말한 적이 없다. 다만 그들은 한계는 엄연히 존재하며 감히 그 한계를 넘어서는 자는 가차 없이 처벌받으리라 말했다. 오늘날의 역사 속에서 결코 그 말을 반박할 수 없다.

역사적 정신과 예술가는 둘 다 세계를 재창조하고 싶어한다. 예술가는 태생적으로 자신의 한계를 모를 수가 없지만, 역사적 정신은 그렇지 못하다. 바로 그 때문에 전자의 열정이 자유로운 반면, 후자의 목표는 전제정치가 되는 것이다. 오늘날 자유를 위하여 투쟁하는 모든 이들이 궁극적으로는 아름다움을 위해 싸우는 것이다. 물론 아름다움 자체를 옹호하려는 것은 아니다. 아름다움은 인간보다 우위에 있지 않고, 우리는 오직 우리 시대의 불행을 함께 겪고 따르면서 우리 시대를 위대하고 평화롭게 만들 수 있을 것이다. 이제 우리는 결코 외로운 존재들이 아닐 것이다. 인간이 아름다움 없이 살 수 없다는 것은 부인할 수 없는 진리인데, 우리의 시대는 이를 모르는 척하고 싶어한다. 우리 시대는 절대와 제국에 도달하느라 경직되었고, 세계를 온전히 알기도 전에 변형시키려 들며 이해하기도 전에 명령하려 든다. 우리 시대는 어떤 말로 변명하든, 이 세계를 황폐화한다. 오디세우스는 그에게 반해 그를 붙잡아 두려는 칼립소 여신의 섬에서 불멸과 고향 땅 중에 하나를 선택할 수 있었다. 그는 고향 땅과 그 땅에서 죽기를 선택한다. 그토록 단순한 위대함이란 오늘날의 우리에게는 생소한 것이다. 다른 이들은 우리에게 겸손하지 못하다고 말할 것이다. 하지만 그 말은 아무리 생각해도 모호하다. 모든 것에 자신만만해하며 하늘까지 올라갔다가 결국 떨어지는 그 즉시 망신살이 뻗치는 저 도스토옙스키의 어릿광대들, 그들과 마찬가지로 우리도 인간으로서의 자긍심이 부족하다. 자신의 한계에 충실하고 자신의 조건을 냉철하게 사랑하는 이의 자긍심 말이다.

'나는 나의 시대를 증오한다.[4]' 죽기 직전 생텍쥐페리는, 내가 이야기한 것과 별반 다르지 않은 이유로 이렇게 썼다. 그러나 이 외침이 아무리 인상적이더라도, 인간을 경탄스러운 존재들로 여기고 사랑했던 그의 입에서 나온 것이기에, 우리는 그 외침을 받아들이기 어렵다. 그럼에도 어느 때는 이 음울하고 삭막한 세상에 등 돌리고 싶은

4 1944년 7월 31일, 생텍쥐페리가 지중해 상공에서 사라지기 바로 전날인 30일에 X장군에게 쓴 편지 인용.

유혹이 어찌나 강렬한지! 하지만 이 시대는 우리의 것이고, 우리는 자신을 증오하며 살 수 없다. 우리 시대는 결점의 과다 못지않게 미덕의 과잉으로 인해 저 깊은 바닥까지 추락했다. 우리는 가장 오래전으로 거슬러 올라가는 미덕들 중 하나와 싸울 것이다. 어떤 미덕일까? 트로이 전쟁에서 파트로클로스가 전사하자 그의 말들이 슬피 운다. 모든 것을 잃었다. 하지만 파트로클로스를 사랑한 친구 아킬레우스는 우정이 말살당한 것에 분노하여 전쟁을 다시 시작하고 끝내 승리를 거둔다. 우정은 하나의 미덕이다.

무지의 인정, 광신의 거부, 세계와 인간의 한계, 사랑받는 얼굴, 그리고 아름다움. 바로 이것이 우리가 그리스인들에게 합류하는 진영이다. 어떤 면으로는, 미래 역사의 의미는 사람들이 흔히 생각하는 그런 것이 아니다. 그것은 창조와 종교재판 간의 투쟁 속에 있다. 맨손의 예술가들이 치러야 할 대가에도 불구하고 우리는 그들의 승리를 기대할 수 있다. 다시 한번, 어둠의 철학은 빛나는 바다 저 너머로 산산이 흩어질 것이다. 오, 정오의 사상이여, 트로이 전쟁은 전장에서 멀리 떨어진 곳에서도 벌어지고 있으니! 다시 한번, 현대 도시의 끔찍한 성벽들이 무너져 내리며 '바다의 고요처럼 평온한 영혼', 헬레네의 아름다움을 드러내리라.

(1948)

수수께끼

하늘 꼭대기에서 쏟아지는 태양의 빛줄기들이 우리 주위의 들판에 부서져 내리며 다시 세차게 튀어 오른다. 이 눈부신 파열 앞에서도 만물은 말이 없고, 저 멀리 뤼베롱 산맥[1]은 내가 끊임없이 귀를 기울이는 거대한 침묵 덩어리일 뿐이다. 귀를 기울여 보면 저 멀리서 누군가 내게 달려오고, 보이지 않는 친구들이 나를 부른다. 몇 년 전과 마찬가지로 나의 기쁨이 커진다. 또 다시, 행복한 수수께끼 덕분에 나는 모든 것을 이해하게 된다.

세계의 부조리는 어디에 있는가? 이 찬란한 햇빛인가, 아니면 햇빛이 없던 날의 추억인가? 그 숱한 햇빛의 기억과 함께 나는 어떻게 무의미에 기댈 수 있었을까? 내 주위에선 다들 놀란다. 때로는 나 또

---

1 카뮈는 이 글을 썼던 1950년에 남프랑스 뤼베롱 산맥 주변의 릴쉬르라소르그 지역에 잠시 머물렀고, 그로부터 8년 뒤인 1958년에 노벨상 상금으로 이 지역의 작은 마을인 루르마랭에 시골집을 마련했다. 그는 뤼베롱 산과 마을 뒤편으로 펼쳐진 바다에 반해 루르마랭을 선택했고, 이 마을의 시골집에서 알제리의 빛과 색을 되찾았다. 그가 묻힌 곳도 이 마을이다.

한 놀란다. 그저 햇빛이 날 거들었노라고, 빛이 너무도 강렬한 나머지 우주와 그 형체를 캄캄하고도 눈부신 하나의 형상으로 뭉뚱그려 응고시켰노라고 사람들에게, 그리고 나에게 대답할 수 있을 것이다. 달리 말한다면 내게는 늘 진리의 빛이었던 그 하얗고도 검은 빛 앞에서, 내가 너무도 잘 알기에 사람들이 단순한 논리를 개진하는 것을 견딜 수 없는 부조리란 것에 관해 설명해보고 싶다. 부조리에 대한 이야기는 결국 우리를 다시 태양으로 이끌 것이다.

자신이 어떤 사람인지 말할 수 있는 사람은 아무도 없다. 하지만 더러 어떤 사람이 아닌지에 관해서는 말할 수 있다. 여전히 찾고 있는 사람이 있다면, 주변에서는 그가 결론을 얻었기를 바란다. 무수한 목소리들이 그에게 이미 찾아냈노라고 알리지만, 그는 그렇지 않다는 것을 안다. 계속 찾으면서, 사람들을 그냥 떠들게 내버려 두면 될까? 물론이다. 하지만 드문드문 자신을 방어해야 한다. 나도 내가 무엇을 찾는 건지는 모른다. 그것에 조심스럽게 이름을 붙여보았다가 취소하고, 그러기를 반복하며 전진하는가 하면 후퇴한다. 그런데도 사람들은 내게 이름들을, 혹은 이름을 이번에야말로 내놓으라고 다그친다. 그러면 나도 분연히 맞선다. 이름이 붙은 것은 이미 잃어버린 것이 아닌가? 최소한 내가 말해볼 수 있는 것은 이런 것이다.

한 친구의 말을 믿자면, 사람의 성격은 늘 두 가지다. 본래의 성격과 아내가 갖다 붙이는 성격. 여기서 아내를 사회로 대체해 보라. 한 작가가 어떤 감성의 전반적인 맥락을 설명하기 위해 붙였던 수식어가 타인의 논평에 의해 따로 분리되어, 작가가 다른 것에 대해 이야기하고 싶어질 때마다 제시되는 상황을 이해하게 될 것이다. 말은 행동과 같다. "당신이 이 아이 아버지인가요?" "그렇습니다." "그렇다면 당신 아들이로군요." "그게 그렇게 간단한 문제가 아니에요, 그게 그렇게 간단한 문제가 아니라고요!" 그리하여 19세기 낭만주의 시인 제라르 드 네르발은 어느 흉포한 밤에 두 번이나 목을 맸다. 우선은 불행했던 자신 때문에, 다음엔 어떤 이들을 살게 만드는 자신의 전설 때문에. 진정한 불행이나 어떤 행복에 대해 쓸 수 있는 사람은 아무도 없다. 나 또한 여기서 시도하지는 않을 것이다. 하지만 전설에 대해선 묘사해 볼 수 있고, 적어도 잠시나마 그 전설을 극복했다고 상상해 볼 수 있다.

작가는 대개의 경우 읽히기 위해 글을 쓴다(그렇지 않다고 말하는 이들에 대해선 감탄하되, 믿지는 말자). 그런데 우리나라에서는 갈수록 작가들이 읽히지 않는다는 궁극의 영예를 얻기 위해 글을 쓴다. 실제로 발행 부수가 높은 신문에 주의를 끌 만한 기삿거리를 제공하는 순간부터 작가는 적잖은 대중에게 알려질 절호의 기회를 얻는다. 대중은 작가의 이름을 익히고 그에 대해 쓴 글을 읽는 것으로 만족할 뿐, 결코 그의 작품을 읽지는 않을 것이다. 작가는 이제 자신의 실제 모습이 아니라 신문기자가 그에게 들씌운 이미지로 알려질(혹은 잊힐) 것이다. 문단에서 명성을 얻기 위해서는 반드시 여러 권의 책을 쓸 필요도 없는 것이다. 석간신문에서 언급되고 난 뒤 베고 자는 용도가 될, 한 작품만 써도 충분하다.

명성은 높든 미약하든, 아마 부당하게 사용될 것이다. 그러나 어쩌겠는가? 그런 불편도 유익할 수 있다는 것을 차라리 인정하자. 의

사들은 경우에 따라 어떤 질병들은 바람직하다는 것을 알고 있다. 그 병들은 그것들이 없었더라면 더 심각한 불균형 상태로 나타났을 기능 장애를 나름의 방식으로 상쇄한다. 따라서 축복받은 변비나 천우신조의 관절염이 있을 수 있다. 오늘날 모든 공적 활동을 경박함의 대양 속에 빠뜨리는 말과 성급한 판단의 홍수는, 적어도 작가라는 직업을 지나치게 중시하는 이 나라에서 프랑스 작가에게 끊임없이 필요한 겸손을 가르쳐준다. 우리가 아는 두서너 종의 신문에서 자신의 이름을 보는 것은 너무도 혹독한 시련이고 그런 만큼 영혼에 몇 가지 득이 되기 마련이다. 그러니 매일 아무것도 아닌 위대함을 찬양함으로써 그 위대함이 아무것도 아니라는 것을 우리에게 헐값으로 가르쳐주는 이 사회에 고마워하자. 신문에서 떠들어대는 찬가는 폭발적일수록 더 빨리 사라진다. 그것은 교황 알렉산드르 6세가 세상의 모든 영광은 피어올랐다 사라지는 연기와 같다는 것을 잊지 않기 위해 수시로 자기 앞에 피우게 했다는 삼 부스러기 불을 연상시킨다.

아이러니는 여기서 멈추자. 요점은 모름지기 예술가란 스스로도 과대평가 되었다고 느끼는 자신의 이미지가 치과나 미용실의 대기실에 굴러다니는 것을 기꺼이 받아들여야만 한다고 말하는 것으로 충분하리라. 나는 요즘 한창 주가 높은 한 작가를 알게 되었는데 그는 매일 밤 요정들이 몸에 머리카락만을 두르고 호색한들이 검은 손톱을 드러내는 소란스러운 술파티를 주관한다고 소문나 있다. 사람들은 그가 도대체 도서관 진열대의 여러 칸을 장식하는 작품을 쓸 시간은 어떻게 내는 것인지 궁금하리라. 사실 그 작가는 다른 많은 동료작가들처럼, 매일 장시간 책상에 앉아 일하기 위해 밤에 자고, 간을 보호하기 위해 미네랄워터를 마신다. 그런데도 사하라 사막 같은 검약과 까다로운 결벽증으로 알려진 일반적인 프랑스인은, 우리 작가들 중 한 명이 늘 해롱거려야 하고 씻지도 말아야 한다고 가르친다며 분개하는 것이다. 그런 사례는 얼마든지 있다. 나만 해도 거만하다는 평판을 손쉽게 얻는 탁월한 방법을 개인적으로 제공할 수 있다. 실제로 나는 내 친구들을 실소하게 하는 그 평판의 짐을 짊어지고 있다(나로서는 얼굴이 붉어지는데, 그만큼 내게 부당한 평판이고 나도 그 사실을 잘 안다). 예컨대 그런 평판은 존경하지도 않는 신문사 편집장과 저녁을 드는 영광을 사양하는 것으로 충분하다. 아닌 게 아니라 이 단순한 절제가 어떤 비뚤어진 영혼의 결함으로밖에 해석되지 않는다. 내가 그 편집장과의 저녁식사 자리를 거절한 것은 실제로 그를 높이 평가하지 않아서일 수도 있으나, 한편으로는 지루한 것이 - 하기야 파리 스타일 만찬보다 지루한 게 또 있을까? - 세상에서 제일 두렵기 때문일 수 있겠다는 생각까지는 누구도 하지 못한다.

그러니 체념하고 받아들여야 한다. 하지만 사람들이 사격의 조준을 달리 해볼 수는 있을 것이다. 언제까지나 부조리만 그리는 화가일 수 없고 절망의 문학만 믿을 수는 없다고 되뇌어 볼 수 있을 것이다. 당연히 부조리 개념에 대한 에세이를 쓰거나, 썼을 수 있다. 또한 가련한 누이에게 달려들지 않고서도 근친상간에 대해 쓸 수 있다. 나는 소포클레스[2]가 아버지를 살해했다거나 어머니를 범했다는 사실

2 고대 그리스 비극 작가. 작품으로 『오이디푸스왕』, 『안티고네』, 『엘렉트라』가 있다.

을 어디에서도 읽지 못했다. 모든 작가가 책에 반드시 자신에 대해서 쓰고 자신을 그린다는 생각은, 낭만주의가 우리에게 물려준 유치한 유산 중 하나이다. 예술가는 무엇보다 타인들이나 자신이 속한 시대, 혹은 익숙한 신화들에 관심이 있다는 사실을 절대 배제하지 말아야 한다. 간혹 작가가 무대에 선다 해도, 그가 자연인으로서의 자신에 대해 이야기하는 경우는 예외적이라고 생각해야 한다. 한 인간의 작품들은 대체로 그가 느끼는 향수나 유혹의 역사를 되짚는 것이지, 실제 자신의 이야기인 경우는 거의 없다. 특히 자전적임을 내세우는 이야기일 때는 더더욱 그러하다. 어떤 작가도 감히 자신을 곧이곧대로 묘사하지는 못했다.

오히려 나는 최대한 객관적인 작가가 되고 싶다. 내게 객관적인 작가란 절대 자신을 글감으로 삼지 않고서 주제들을 정하는 작가다. 하지만 작가를 그의 작품의 주제와 혼동하는 이 시대의 집착은 작가에게 상대적 자유를 허용하지 않는다. 그렇게 우리는 부조리의 예언자가 된다. 나는 내가 사는 시대의 길거리에서 찾은 생각을 고찰하는 것 외에 무엇을 한 것일까? 내가 나의 모든 세대와 함께 그 생각을 키워왔다는 것은 두말할 필요도 없다. 다만 나는 그 생각을 다루고 그것의 논리를 규정하기 위해 필요한 거리를 두었을 뿐이다. 이후에 내가 썼던 모든 글들이 그 사실을 충분히 드러낸다. 하지만 활용하기 편한 것은 아무래도 뉘앙스의 차이보다는 공식이다. 사람들은 공식을 택했다. 결국 나는 예전처럼 부조리하다.

그러니 내가 관심을 갖고서 때로 글까지 쓰는 경험을 했던 부조리가, 아무리 그 부조리의 추억과 감동이 이후에 이어지는 나의 사유에 수반된다 하더라도, 오직 출발점으로서 간주될 뿐이라고 한 번 더 말해본들 무슨 소용이겠는가? 마찬가지로 모든 확률을 신중히 고려하더라도, 데카르트의 방법론적 회의만으로는 데카르트가 회의적이 되는데 충분치 않다. 어떻게 세상 그 어떤 것도 아무 의미 없다든가, 무조건 절망해야 한다는 생각의 틀에만 갇혀서 살아가겠는가? 마찬가지로 굳이 깊이 파헤치지 않더라도, 절대적인 유물론은 존재할 수 없다는 것쯤은 알 수 있다. 왜냐하면 이 단어가 성립되려면, 세상에 이미 물질 이상의 무언가가 존재한다는 것을 인정해야 하기 때문이다. 완전한 허무주의 또한 존재하지 않는다. 모든 것이 무의미하다고 말하는 순간, 의미 있는 무언가를 표현하게 되기 때문이다. 세계의 모든 의미를 부정하는 것은 결국 모든 가치 판단을 철폐하는 것과 같다. 하지만 산다는 것, 가령 음식을 먹는다는 것은 그 자체로 가치 판단이다. 죽지 않기 위해 무언가를 하는 그 순간 사는 것을 택한 것이고, 그렇게 상대적으로 삶의 가치를 인정한 셈이다. 절망의 문학이란 결국 무엇을 의미하는가? 절망은 침묵한다. 침묵조차 두 눈이 말을 하는 한, 어떤 의미를 지닌다. 진정한 절망은 단말마, 무덤, 혹은 심연이다. 절망이 말을 하고, 추론하고, 무엇보다 글을 쓴다면, 그 즉시 형제가 손을 내밀고, 나무가 정당화되고, 사랑이 싹튼다. 절망의 문학은 용어 자체로 모순이다.

물론 어떤 낙관주의는 나와 관련이 없다. 나는 나의 모든 또래들과 함께 제1차 세계대전의 북소리를 들으며 자라났고, 그 뒤로도 우리의 역사는 끊임없는 살인, 불의, 폭력으로 점철돼 왔다. 그러나 이 세계의 진정한 비관주의는 끝도 없는 그 잔혹함과 야비함을 능가하는 데 있다. 나는 그 모욕과 싸우기를 결코 멈춘 적이 없고, 오직 잔인한 인간들만을 증오한다. 우리의 가장 어두운 허무주의에서도 나는 오직 이 허무주의를 극복할 이유를 찾았다. 어떤 미덕이라든가 드물게 고귀한 영혼 때문은 절대 아니고, 어떤 빛에 본능적으로 충실했기 때문이다. 나는 그 빛 속에서 태어났고, 수천 년 전부터 인간들은 그 빛 속에서 고통스러울 때조차 삶을 찬양하는 법을 배웠다. 아이스킬로스는 많은 경우 우리를 절망시키지만, 눈부시고 따사롭다. 그의 세계의 중심에서 우리가 발견하는 것은 빈약한 무의미가 아니라 수수께끼, 다시 말해 눈부시다 못해서 판독하기 어려운 어떤 의미다. 마찬가지로 이 황량한 세기에 아직 살아있는, 자격은 없으나 그리스에 끈질기게 충실한 후손들에게 우리 역사의 불에 덴 상처는 견디기 어려울 것이나, 이해하고 싶어 하는 만큼 그들은 끝끝내 견딜 것이다. 비록 어두울지라도 우리의 작품의 중심에서는 꺼지지 않는 태양이 환한 빛을 내뿜고, 오늘 벌판과 언덕을 가로지르며 고함을 친다.

그런 다음에야 삼 부스러기 불을 태울 수 있다. 우리가 남에게 어떻게 비치든 어떤 온당치 않은 자리를 차지하든 무슨 상관이란 말인가? 우리가 누구이고, 마땅히 어떤 존재가 되어야 한다는 문제만으로도 삶을 채우고 노력을 쏟기에 충분하다. 파리는 감탄스러운 동굴이고, 파리 사람들은 그 동굴 벽에서 일렁이는 자신의 그림자를 보면서 그것을 유일한 현실로 인식한다. 이 도시가 소비하는 기이하고 덧없는 명성 또한 마찬가지다. 하지만 파리에서 멀리 떨어진 곳에서 우리는 빛이 우리 등 뒤에 있고, 그 빛을 정면으로 마주하기 위해서는 우리가 맺은 인연들을 끊어내며 돌아서야 한다는 것을 배웠다. 또한 죽기 전에 완수해야 할 우리의 책무는 모든 단어들을 동원하여 그것에 이름을 붙이려 노력하는 것임을 배웠다. 예술가들은 저마다 자신의 진실을 찾고 있을 것이다. 위대한 예술가라면 작품마다 진실에 가까워지거나, 아니면 적어도 언젠가는 모두가 찾아와 불타오를, 숨어있는 태양의 중심에서 좀 더 가까이 맴돌 것이다. 보잘것없는 예술가라면 작품마다 진실에서 멀어지고, 중심이 도처에 있으며, 빛도 흐트러진다. 예술가의 집요한 탐구 속에서 유일하게 그를 도울 수 있는 이들은, 그를 사랑하는 사람들이다. 이 사람들은 또한 자신을 사랑하고 창조하면서 자신의 열정 속에서 모든 열정의 척도를 찾아내고, 그리하여 판단할 줄 알게 된다.

그렇다, 이 모든 소란이라니…… 평화는 침묵 속에서 사랑하고 창조하는 것일 텐데! 그러나 인내할 줄 알아야 한다. 좀 더 지나면, 태양이 입들을 막아 봉인한다.

(1950)

티파사에 돌아오다

그대는 아버지의 집에서 멀리 떠나
성난 영혼으로 항해하며, 바다의 암초들을
넘고 넘어, 낯선 땅에 살고 있구나.

에우리피데스 『메데이아』

알제에 닷새째 비가 쉼 없이 내리더니 끝내 바다를 적시고야 만다. 도무지 고갈되지 않을 듯한 하늘 꼭대기에서 장대비가 줄기차게 쏟아져 내린다. 굵고 억세다 못해 끈적거리는 빗줄기가 물굽이를 공격한다. 거대한 스펀지처럼 폭신폭신한 잿빛 바다가 윤곽이 희미한 해안선에서 부풀어 오른다. 하지만 수면은 한결같은 빗발 아래서 거의 정지된 듯 보인다. 다만 드문드문, 보일 듯 말 듯한 거대한 움직임이 바다 위로 뿌연 수증기를 들어 올리고 그 수증기가 허리띠 같은 축축한 대로 아래의 항구로 밀려온다. 사방의 하얀 벽들에서 빗물이 줄줄 흐르는 도시도 또 다른 김을 내뿜고, 이것이 바다에서 밀려오는 수증기와 만난다. 그러니 어느 방향으로 몸을 돌려도 물을 호흡하는 기분이었다, 아니, 공기를 들이켜는 기분이었다.

내게는 늘 여름의 도시로 남아 있던 알제의 12월, 물에 빠진 바다를 앞에 두고 나는 걸었고, 기다렸다. 유럽의 밤에서, 얼굴들의 겨울에서 도망쳐 나온 참이었다. 그러나 여름의 도시에서도 웃음은 사라졌고, 눈에 보이는 건 오직 구부정하고 번들거리는 등뿐이었다. 저녁이 되어 공격적인 조명의 카페로 피신해 들어가면, 이름은 기억나지 않아도 낯익은 얼굴들에서 내 나이가 읽혔다. 그저 나처럼 젊었던 사람들이, 더는 젊지 않다는 걸 깨달았던 것이다.

나는 정확히 무얼 기다리는지도 모른 채 고집스레 버텼다. 어쩌면 티파사로 돌아갈 순간을 기다린 것은 아닐까. 젊은 시절의 장소로 돌아가 스무 살에 사랑하고 열렬하게 즐겼던 것을 마흔 살에 되살리려 하다니 분명 엄청난 광기, 처벌받는 것으로 끝날 광기다. 나는 이미 이 광기의 경고를 받았더랬다. 내게는 청춘의 끝을 의미했던, 몇 년간에 걸친 전쟁의 종식 이후에 이미 티파사에 돌아간 적이 있었던 것이다. 그곳에서 나로서는 잊을 수 없었던 그 자유를 되찾고 싶었던 것 같다.

사실 20년도 더 전에 나는 그 장소에서 오전 내내 폐허들 사이를 헤매고 다니며, 압생트 풀 향기를 들이마시고, 따뜻한 돌에 기대어 몸을 데우고, 봄을 넘겨 살아남았으나 이내 꽃잎들을 떨어뜨린 작은 장미들을 발견하며 보냈다. 매미들도 지쳐 나가떨어져 입을 다무는 정오가 되어서야 나는 모든 것을 삼켜버리는 빛의 탐욕스러운 불길에서 도망쳤다. 밤에는 더러 별들이 넘쳐흐르는 하늘 아래서 뜬 눈으로 잠자곤 했다. 말하자면 나는 살고 있었던 것이다. 그로부터 15년 뒤, 나는 첫 물결들이 가까이에서 철썩거리는 나의 폐허를 되찾았다. 씁쓸한 나무들로 뒤덮인 들판을 따라서 잊힌 도시의 길들을 걸었고, 해안을 굽어보는 작은 언덕들에서 빵 색깔의 기둥들을 쓰다듬었다. 그러나 폐허는 이제 철조망으로 둘러쳐져 허용된 입구들을 통해서만 안으로 들어갈 수 있다. 또한 밤 산책은 아마도 풍기 단속을 위한 것인 듯한데, 아예 금지되었다. 낮에는 정식으로 고용된 경비원과 마주쳤다. 아마도 우연일 텐데 그날 아침, 폐허 전역에 비가 내렸다.

나는 갈 곳을 잃은 채 고독하고 축축한 들판을 걸으며 적어도 지금까지는 변함없는 그 힘, 바꿀 수 없다는 것을 인정하고 나면 있는 그대로 받아들일 수 있게 해주었던 그 힘을 되찾으려 애썼다. 실상은 시간을 거슬러 올라가 내가 사랑했지만 아주 오래전 어느 날 갑자기 사라져 버린 얼굴을 세계에 다시 되돌려줄 수는 없는 법이었다. 1939년 9월 2일, 나는 계획했던 그리스 여행을 떠나지 않았다. 반면에 전쟁은 우리의 코앞까지 다가와 그리스 전체를 뒤덮었다. 그날 나는 검은 물이 가득 고인 고대 석관들이나 빗물을 흠뻑 머금은 능수버들 앞에서 그 거리를, 그리고 태양빛에 달궈진 뜨거운 폐허와 철조망이 가르는 그 세월을 내 안에서도 되찾았다.

처음부터 나의 유일한 풍요였던 아름다움의 장관 속에서 자라난 나는 충만감으로 인생을 시작했다. 이후에 철조망이, 그러니까 폭정, 전쟁, 경찰들, 반항의 시대가 이어졌다. 밤과 결판을 내야했다. 낮의 아름다움은 한낱 추억에 불과했다. 진흙탕이 된 이 티파사에서 추억 자체가 희미해졌다. 내가 이곳에 온 건 분명 아름다움, 충만감, 혹은 젊음을 위해서였건만! 타는 듯한 햇빛 아래서 세계가 돌연, 예전에 생겼거나 새로 생긴 주름과 흉터들을 드러냈다. 세계는 한순간에 늙어버렸고, 더불어 우리도 늙어버렸다. 내가 이곳에 찾으러 왔던 도약, 그것은 자신이 이제 도약하리라는 것을 모르는 이에게만 가능하다는 것을 나는 잘 알고 있었다.

약간의 순수함 없이는 사랑도 없다. 순수함은 어디에 있었던가? 제국들은 무너졌고, 국가와 인간들은 서로의 목을 물어뜯었다. 우리의 입은 더럽혀졌다. 처음엔 순수한 줄 모르고 순수했던 우리가 이제는 원하지도 않았는데 죄인이 되었다. 신비는 학문의 발달과 함께 커져갔다. 바로 그 때문에 우리는 오, 이 얼마나 우스운가, 도덕에 몰두한다. 무력해져서 미덕을 꿈꾸다니! 순수했던 시절에 나는 도덕이 있는 줄도 몰랐다. 이제는 도덕을 알았지만 그에 걸맞게 살아갈 능력이 없었다. 마치 예전에 내가 그토록 좋아했던 언덕에서 파손된 사원의 비에 젖은 기둥들 사이를 거닐며, 포석과 모자이크들 위를 걷는 발소리만 들리는 누군가를 뒤따르지만 결코 따라잡을 수 없는 기분이었다. 나는 파리로 돌아갔고, 몇 해 뒤 다시 여기 내 고향에 돌아왔다.

그 모든 세월 동안 나는 막연히 무언가가 아쉬웠다. 일단 한번 강렬한 사랑을 맛보면, 또 다시 그 격정과 빛을 찾느라 인생을 보내게 된다. 아름다움과 자신에게 주어졌던 감각적 행복을 포기하고 오직 불행만 섬기려면 위대함이 요구되겠지만, 내겐 그 위대함이 없다. 그러나 배제를 강요하는 그 어떤 것도 진리는 아니다. 고립된 아름다움에는 결국 이맛살이 찌푸려지고, 혼자만의 정의는 억압이 된다. 한쪽을 배제하고서 다른 쪽을 섬기려는 자는 아무도, 자기 자신조차 섬기지 않는 것일뿐더러 종국엔 불의를 갑절로 섬기는 격이 된다. 경직되다 못해 어떤 것에도 놀라워하며 감동할 줄 모르고 모든 것이 그저 그런 날이 오면, 인생은 되풀이의 연속이 된다. 유배의 시간이다. 메마른 삶의 시간, 죽어버린 영혼의 시간이다. 소생하기 위해서는 은총, 자기 망각, 또는 조국이 필요하다. 어느 아침, 길모퉁이를 돌면 감미로운 이슬 한 방울이 심장에 떨어졌다가 증발한다. 하지만 아직 신선함은 남는다. 심장이 요구하는 건 언제나, 그 신선함이다. 나는 다시 떠나야만 했다.

그리하여 두 번째로 찾은 알제에서 나는 다시는 돌아올 수 없으리라 여기며 떠났던 그 출발 이후로 한 번도 그친 적이 없는 듯한 폭우 속을 다시 걸으며, 비와 바다 냄새가 밴 무한한 멜랑콜리 속에서, 안개 낀 하늘이며 비를 피하는 사람들의 저 뒷모습이며 유황빛 조명이 손님들의 얼굴을 일그러뜨리는 카페들에도 불구하고 고집스레 희망을 간직했다. 더구나 좀처럼 그칠 것 같지 않은 알제의 폭우지만, 단 두 시간 만에 불어나 수 헥타르의 땅을 휩쓸었다가도 순식간에 말라붙는 내 고향의 강물처럼 어느 순간 뚝 그치리라는 걸 나는 알고 있지 않았던가? 과연 어느 저녁, 거짓말처럼 비가 그쳤다. 나는 하룻밤을 더 기다렸다. 물기 머금은 아침이 순결한 바다 위로 눈부시게 솟아올랐다. 물에 씻기고 또 씻기는 거듭된 세척으로 가장 가느다랗고 가장 투명한 그물조직까지 드러난 눈동자처럼 맑은 하늘에서 사방으로 번지는 빛이 내려와, 집 한 채 한 채, 나무 한 그루 한 그루에 다감한 그림, 경탄을 자아내는 새로운 풍경을 선사했다. 세계의 첫 아침에 대지는 이와 비슷한 빛 속에서 떠올랐으리라. 나는 다시 티파사 여행길에 올랐다.

이 69킬로미터의 여정 동안, 어느 하나도 나를 추억과 격한 감동에 휩싸이게 하지 않는 길이 없다. 사납던 유년 시절, 나른하게 부르릉거리는 차 소리 속에서 몽상에 잠기던 청소년 시절, 아침, 싱그러운 여자 아이들, 해변, 늘 최대로 힘을 주어 불끈거리는 젊은 근육들, 저녁이면 열여섯 살의 가슴에서 스멀거리던 희미한 불안, 살고자 하는 욕망, 영광, 그리고 여러 해가 지나도록 변함없이 똑같은 하늘. 힘과 빛이 고갈되지 않고 그 자신도 만족할 줄 모르는 하늘은 몇 달 동안 제례의 시간인 정오가 되면 해변에 십자가처럼 바쳐진 제물들을 하나하나 차례로 삼켰다. 또한 아침에는 거의 감지되지 않는, 변함없이 똑같은 바다도 있다. 사헬 지대[1]와 청동 빛 포도밭 언덕길을 지나서 해안 쪽으로 내려가자마자 바로 보이는 지평선 끝에 바다가 펼쳐졌다. 하지만 나는 바다를 보기 위해 멈추지 않았다. 슈누아 산이 다시 보고 싶었다. 단 한 덩어리로 윤곽을 드러내며 서쪽의 티파사 만을 따라 펼쳐지다가 자진해서 바다로 내려가 잠겨드는 저 육중하고 단단한 산이. 가까이 다가가기도 전에 저 멀리, 아직 하늘과 분간되지 않는 푸르고 옅은 수증기 같은 산이 보인다. 산이 가까워짐에 따라 점점 짙어지더니 주변의 바닷물 색깔을 띠면서, 놀랍도록 힘차게 솟은 파도가 잔잔한 바다 위에서 그 모습 그대로 일순간에 굳어버린 듯한 거대하고 정지된 파도 형상이 된다. 더 가까이, 티파사 마을 입구에 이를 무렵 갈색과 녹색의 준엄하고 거대한 덩어리, 어떤 것에도 흔들리지 않고 끄떡없을 이끼 낀 노쇠한 신령이 우뚝 모습을 드러낸다. 이 신령은 나를 포함한 그의 자식들의 안식처이자 항구다.

그 산을 바라보며 나는 마침내 철조망을 통과하여 폐허 속에 들

---

1 건조한 사하라 사막에서 열대 아프리카로 옮겨가는 중간 지대.

어선다. 12월의 영광스런 햇빛 아래 이 황량한 자연 속에서, 나는 계절과 세계에도 불구하고 내가 찾으러 왔던 것을 정확히 찾았다. 그것은 내게만, 정녕 나에게만 주어진 것으로, 인생에서 오직 한두 번만 일어나고 이후에도 그것으로 완전히 충족되었다고 여기며 살아갈 수 있는 종류의 것이다. 올리브 열매가 땅바닥 여기저기에 널린 고대 광장에서 저 아래로 마을이 내려다보였다. 아무 소리도 들려오지 않았다. 투명한 대기 속에서 희미한 연기가 피어올랐다. 바다 또한 침묵했다. 번쩍거리는 서늘한 빛에서 끊임없이 쏟아져 나오는 물세례에 숨이 막힌 듯했다. 멀리 슈누아 산에서 들려오는 희미한 수탉의 울음소리만이 낮의 덧없는 영광을 찬양하고 있었다. 폐허 옆 저편 육안으로 보이는 가장 먼 풍경은 수정처럼 투명한 대기 속의 우묵우묵 얽은 돌들과, 압생트 풀들과, 나무들과, 말짱한 돌기둥들뿐이었다. 헤아릴 수 없는 찰나의 순간 동안, 아침이 정지하고, 태양이 멈춘 듯했다. 그 빛과 침묵 속에서 분노와 어두운 밤의 세월이 서서히 녹고 있었다. 내 안에서 거의 잊고 있었던 소리가 들려왔다. 마치 오래전에 멎었던 심장이 다시 조용히 뛰기라도 하듯이. 이제 나는 깨어났고, 침묵을 구성했던 저 들릴 듯 말 듯한 소리들을 하나하나 식별할 수 있었다. 그칠 줄 모르는 새들의 나지막한 울음소리, 암석 밑에서 일렁이는 바다의 짧고 가벼운 한숨, 나무들의 전율, 돌기둥들의 눈 먼 노래, 압생트 풀들이 스치며 사각거리는 소리, 도마뱀들이 도망치는 소리. 나는 그 소리들을 들었고, 또한 내 안에서 올라오는 행복의 물결 소리에도 귀를 기울였다. 일순간에 지나지 않을지언정 마침내 항구에 돌아온 기분이었고, 이 일순간은 이제 더는 끝나지 않을 터였다. 하지만 얼마 못 가 하늘에서 태양이 확연히 한 단계 높아졌다. 티티새 한 마리가 짧게 선창하자, 그 즉시 새들의 노랫소리가 곳곳에서 환희와 즐거운 불협화음과 끝없는 황홀경과 함께 목청껏 터져 나왔다. 낮이 다시 흘러가기 시작했다. 이 낮이 나를 저녁으로 데려다 놓으리라.

정오에 나는 지난 며칠 동안 몰아치던 성난 파도가 물러가면서 남겼을 법한 거품 같은 헬리오트로프꽃들로 뒤덮이고 절반은 모래땅인 비탈에 서서, 이 무렵이면 기진한 동작으로 겨우 들썩거리는 잔잔한 바다를 바라보았다. 그렇게 나는 오래도록 방치하면 존재가 말라붙게 될 두 가지 갈증을 해소했다. 두 가지 갈증이란 바로 사랑하는 것과 찬탄하는 것. 사랑받지 못하는 것은 그저 불운일 뿐이나, 사랑하지 않는 것은 불행이기 때문이다. 오늘날 우리 모두는 이 불행 때문에 죽어간다. 피와 증오가 심장을 야위게 하기 때문이다. 정의를 오래도록 요구하다 보면 정작 정의를 탄생시킨 사랑이 소진된다. 우리가 살고 있는 세계의 아우성 속에서 사랑은 불가능하고 정의는 미흡하다. 바로 그 때문에 유럽이 낮을 증오하고, 오직 불의와 불의를 대립시킬 줄만 아는 것이다. 정의가 말라비틀어져서 내용물인 과육은 씁쓸하고 말라붙었는데 껍질만 탐스러운 오렌지가 되지 않도록 하려면, 내면에 신선함과 기쁨의 샘을 원형 그대로 간직해야 하고, 불의에서 도망친 낮을 사랑해야 하며, 그렇게 쟁취한 빛을 무기 삼아 다시 투쟁해야 한다는 것을 나는 티파사에서 거듭 발견했다. 나는 이곳에서 오래된 아름다움과 젊은 하늘을 되찾았고, 우리의 광기가 최악으로 치달은 몇 해의 세월 동안 그 하늘의 기억은 나를 한 번도 떠나간 적이 없었음을 마침내 깨달으면서 나의 행운을 가늠할 수 있었다. 결국 내가 절망하는 것을 막아준 것은 바로 그 하늘의 기억이었다. 티파사의 폐허가 우리의 공사장이나 잔류물보다 더 젊다는 것을 나는 줄곧 알고 있었다. 그곳에서 세계는 늘 새로운 빛 속에서 매일 다시 시작되고 있었다. 오, 빛이여! 고대 비극에서 자신의 운명과 마주한 모든 등장인물들의 외침이다. 이 마지막 호소는 또한 우리의 것이기도 하다. 나는 이제 그것을 알았다. 겨울 한가운데서 마침내, 내 안에 보이지 않는 여름이 있다는 것을 깨달았다.

나는 다시 티파사를 떠나 유럽과 유럽의 투쟁을 도로 마주했다. 하지만 그 한나절의 기억이 여전히 나를 지탱하며, 나를 열광시키는 것과 짓누르는 것을 똑같은 마음으로 받아들이게 해준다. 우리가 사는 이 어려운 시기에 아무것도 배제하지 않는 것, 그리고 하얀 실과 검은 실로 끊어지리만치 팽팽한 동아줄을 꼬는 법을 배우는 것 외에 달리 무얼 바랄 수 있겠는가? 이만하면 지금까지 내가 한 모든 행동과 말을 통해 그 두 세력을 명백히 인정한 듯하다. 그 둘이 서로 모순될 때조차 말이다. 나는 내가 태어난 곳인 빛을 부정할 수 없었고, 그러면서도 이 시대의 속박을 거부하려 들지 않았다. 여기서 티파사라는 부드러운 이름에 보다 요란하고 잔인한 다른 이름들을 대립시키는 것은 너무 쉬운 일이리라. 오늘날의 인간들에게는 정신의 언덕들에서 범죄의 대도시로 가는 내면의 길이 있고, 나는 그 길을 양방향으로 달려본바 훤히 안다. 당연히 우리는 언덕에서 휴식하거나 잠들 수 있고, 아니면 범죄 속에 기거할 수도 있다. 그러나 우리가 존재하는 어느 한쪽을 포기한다면 우리 자신도 존재하기를 포기해야 한다. 다시 말해 남의 대리로 살거나 사랑할 수밖에 없는 것이다. 삶의 어느 것도 거부하지 않고서 살아가려는 의지야말로 내가 세상에서 가장 추앙하는 미덕이다. 사실 나도 적어도 드문드문하게나마 그 미덕을 실행했더라면 좋았을 것이다. 우리 시대만큼 최선과 최악을 동등하게 받아들일 것이 요구되는 시대도 없기에, 나는 아무것도 피하지 않고서 이중의 기억을 정확하게 간직하고 싶다. 그렇다, 아름다움이 있고, 모욕당하는 사람들이 있다. 아무리 어려운 임무일지라도 나는 결코 어느 한 쪽도 배반하고 싶지 않다.

이 또한 도덕에 가깝지만, 우리는 도덕을 넘어서는 무엇을 위하여 살고 있는 것이다. 그것에 이름을 붙일 수만 있다면 세계가 얼마나 고요해질지! 티파사 동쪽의 생트 살자 언덕 위에 저녁이 깃든다. 사실 아직 환하지만, 빛 속에서 보이지 않는 조락의 기운이 낮의 끝을 알린다. 밤처럼 가벼운 바람이 인다. 돌연 파도 없는 잔잔한 바다가 방향을 틀더니 지류 없는 커다란 강줄기처럼, 수평선 한끝에서 다른 끝으로 흐른다. 하늘이 어두워진다. 이제 신비가 시작된다. 밤의 신들, 쾌락의 저승이 시작된다. 하지만 이 현상을 어떻게 설명할까? 내가 이곳에서 가져가는 작은 동전의 선명한 면은 내가 그 한나절 동안 배웠던 모든 것을 내게 복습시키는 아름다운 여인의 얼굴이고, 돌아오는 동안 내 손끝에 만져지는 다른 면은 부식되었다. 입술 없는 그 입으로 무슨 말을 할 수 있을까. 날마다 내 무지와 행복을 일깨워 주는 또 다른 신비한 목소리가 내 안에서 이야기하는 이런 말이 아니라면 말이다.

"내가 찾는 비밀은 올리브나무 골짜기의 포도덩굴 냄새를 풍기는 낡은 집 주변, 차가운 풀과 제비꽃들 밑에 묻혀있어. 나는 20년 이상을 그 골짜기와 그 비슷한 다른 골짜기들을 지나다니며 말 못하는 염소치기들에게 묻거나, 아무도 살지 않는 폐허의 문을 두드려댔지. 더러 아직 환한 하늘에 첫 별이 반짝일 무렵에, 가느다란 빛의 비를 맞으며 나는 안다고 믿었어. 사실 난 알고 있었고, 어쩌면 줄곧 알고 있었는지도 몰라. 하지만 아무도 이 비밀을 알고 싶어 하지 않고, 아마 나 또한 알고 싶지 않은 걸 거야. 난 내 가족과 헤어질 수 없거든. 나는 돌과 안개로 지은 부유하고 볼썽사나운 도시를 지배한다고 믿는 가족과 함께 살고 있어. 가족은 밤낮으로 집이 떠나가라 떠들어대고, 어느 누구 앞에서도 굽히지 않는 그들 앞에서 모두가 굽신거리지. 그들은 모든 비밀에 귀를 막고 있어. 나를 떠받치는 그들의 권력이 나는 지겹기만 하고, 어쩔 땐 그들의 고함에 질리기도 해. 하지만 가족의 불행은 곧 나의 불행이기도 하거든. 우리는 같은 핏줄이니까. 똑같이 무력하고, 공범이며, 시끄럽기 짝이 없지. 나만 해도 돌들 사이에서 소리치지 않았느냐고? 그래서 내가 잊으려고 애쓰는 거야. 우리의 강철과 불의 도시 속을 걷는가 하면 어두운 밤에게 용감하게 웃어 보이고 폭풍우를 소리쳐 불러보거든. 난 충실할 거야. 사실 난 잊었어. 이젠 적극적이 될 거고, 아무 소리도 듣지 않을 거야. 하지만 어쩌면 어느 날 우리가 탈진과 무지로 죽게 되었을 때, 우리의 떠들썩한 묘지를 버리고 골짜기로 가서 똑같은 빛 아래 누워 마지막으로 한 번쯤은 내가 알고 있는 걸 배울지도 몰라."

(1952)

가장 가까운 바다

항해일지[1]

1 1949년 6~8월, 카뮈는 유명 작가로서 초청을 받아 남아메리카(브라질, 우루과이, 칠레, 아르헨티나)를 여행했고, 이 '항해일지'는 그때의 기록 중 일부다.

나는 바다에서 자랐고, 바다가 있어 가난도 내게는 호화로웠다. 그러다가 바다를 잃자 모든 호사가 잿빛으로 보였고 궁핍은 견딜 수 없는 것이 되었다. 이후로 나는 기다린다. 귀항하는 선박들, 물의 집, 맑은 날을 기다린다. 나는 인내 중이며, 전력을 다해 예의 바르다. 사람들은 아름다운 학술의 거리를 지나다니는 나를 볼 수 있고, 나는 풍경에 감탄하는가 하면 모든 사람처럼 박수를 치고 타인에게 손 내민다. 그러나 말을 하는 건, 내가 아니다. 사람들이 나를 칭찬하면 나는 조금 어리둥절하고, 모욕을 당해도 거의 아무렇지 않다. 이후에 잊어버리고, 나를 모독한 이에게 웃어 보이거나 내가 좋아하는 이에게 지나치게 공손히 인사한다. 내 기억 속엔 단 하나의 이미지만 있는 것을 어쩌겠는가? 사람들은 내게 내가 누구인지 말하라고 독촉한다. "아직은 아무것도 아니에요, 아직은 아무것도……"

내 능력이 최대치로 발휘되는 곳은 장례식장이다. 나는 정말이지 뛰어나다. 나는 고철들의 꽃이 핀 변두리로 천천히 걸어 들어가, 시멘트의 나무들이 서 있는 큰길로 접어든다. 이 길을 따라 땅 구덩이에 이르고 거기서 희미하게 불그스름해진 하늘의 붕대 아래, 대담한 산역꾼들이 내 친구들을 3미터 깊이의 구덩이에 묻는 것을 지켜본다. 나는 흙투성이 손이 건네는 꽃을 던지고, 꽃은 어김없이 구덩이 속에 떨어진다. 내 신앙심은 정확하고 감동은 합당하고 목은 알맞게 기울었다. 사람들은 내 말이 적절하다고 감탄한다. 하지만 가당치 않다. 나는 기다린다.

나는 오랫동안 기다리고 있다. 더러 휘우뚱거리고 서투르기에 성공에서 멀어지기도 한다. 무슨 상관인가, 나는 혼자인 것을. 밤에 언뜻 깨어나 잠결에 파도 소리, 물결의 숨소리를 들었다고 느낀다. 완전히 깨어나면 그것이 나뭇잎들 사이에서 나부끼는 바람소리와 황량한 거리의 불행한 웅성거림이었다는 것을 깨닫는다. 나는 비탄을 숨기거나 유행하는 옷으로 위장할 재간이 그리 없다.

언젠가는 반대로 도움을 받았다. 뉴욕[1]에서 어느 날들에, 수백만의 사람들이 헤매고 있는 돌과 강철로 이루어진 그 우물 밑바닥에서 길을 잃은 나는 출구를 찾지 못한 채 이쪽저쪽으로 달리다가 지친 끝에, 저마다 출구를 찾는 인파에 떠밀려 간신히 몸을 지탱했다. 숨이 막혔고 공포에 질려 비명이 터져 나올 것만 같았다. 하지만 그때마다 멀리서 들려오는 견인선의 경적소리가 내게 물 마른 탱크 같은 이 도시가 섬이었다는 것을, 빈 코르크들로 덮여 시커멓게 썩은 나의 세례 성수가 맨해튼의 저 배터리 공원 끝에서 나를 기다리고 있다는 것을 일깨웠다.

그처럼 나는 아무것도 가진 게 없고, 재산을 내주었고, 내 모든 집들

1 1946년 3~5월, 카뮈는 기자로서 뉴욕을 처음이자 마지막으로 여행했고, 카뮈의 눈에 비친 뉴욕은 '강철과 시멘트의 사막'이었다.

주변에서 임시로 기거하지만, 원하면 충족될 수 있다. 언제든 출항할 준비가 되어 있고, 절망이 나를 무시하며 비껴간다. 절망한 자에게 조국이란 없다. 바다가 나를 앞서거나 뒤따른다는 것을 알고 있는바, 내겐 준비된 광기가 있다. 나를 사랑하면서도 멀리 떨어져 있는 이들은 고통 속에 살 수 있으나 그건 절망이 아니다. 그들은 사랑이 존재한다는 것을 안다. 바로 그 때문에 내가 이 유배를 담담히 견디는 것이다. 나는 여전히 기다린다. 그날이 오고, 마침내……

선원들의 맨발이 갑판에서 조용히 쿵쿵거린다. 우리는 날이 밝는 대로 출발한다. 배가 항구를 벗어나자 짧고 세찬 바람이 바다로 거세게 휘몰아쳐 거품 없는 잔물결들이 출렁인다. 잠시 후 바람이 서늘해지며, 이내 사라져 버리는 동백꽃 같은 거품들을 흩뿌린다. 오전 내내, 물고기들이 펄떡거리는 배의 양어 수조 위에서 돛들이 펄럭거린다. 차가운 점액질로 뒤덮인 바닷물에 짙은 물비늘이 일렁이고 있다. 이따금 파도가 뱃머리에서 부서지며 컹컹 짖어 댄다. 신들의 침 같은 쓰고 미끈거리는 거품이 목제 선체를 따라 흐르다가 바닷물로 떨어지며, 지워졌다가 다시 살아나는 형체들을 점점이 흩뿌린다. 지친 짐승, 파란색과 하얀색의 얼룩소 가죽 같은 그 형체들이 우리의 항적 뒤로 오래도록 떠다닌다.

출항 이후로 갈매기들이 줄곧 뒤따른다. 유유히, 거의 날갯짓조차 없이. 그들의 아름다운 직선 비행은 미풍의 영향을 받지 않는 듯하다. 별안간 선박의 주방 근처에서 무언가 풍덩 떨어지는 소리가 새들에게 먹이의 신호탄을 쏘아 올리자, 아름다운 비행이 순식간에 허물어지며 한 곳에 집중된 하얀 날개들이 불꽃처럼 튀어 오른다. 갈매기들이 속도를 전혀 줄이지 않은 채 사방으로 미친 듯이 휘돌다가, 이윽고 얽히고설킨 덩어리가 풀리며 한 마리씩 차례로 빠져나가 바닷물 속으로 급강하한다. 잠시 후 갈매기들이 다시 바다 위에 모여들어 물결의 오목한 곳에 둥지를 틀고, 우리는 뜻밖의 양식인 음식물 찌꺼기를 쪼아대는 그 소란스러운 가금사육장을 뒤로한다.

정오, 요란하게 작열하는 태양 아래서 탈진한 바다가 가까스로 들썩거린다. 바다는 다시 몸을 낮추며 침묵이 휘파람 소리를 내게 한다. 한 시간 동안 불에 익은 바다가 하얗게 달궈진 거대한 철판처럼 생기를 잃고 지글거린다. 물은 지글거리고, 연기를 피우고, 불타오른다. 잠시 후 바다는 몸을 뒤틀어 아직 파도와 암흑 속에 잠겨있는 축축한 면을 태양에 바칠 것이다.

우리는 헤라클레스의 문[2]들을, 안타이오스가 죽은 곳을 통과한다. 그 너머로 도처에 대서양이 펼쳐진다. 우리는 진로를 바꾸지 않고 곧장 케이프혼과 희망봉을 지난다. 자오선이 위도와 만나고 태평양이 대서양을 마셔버린다. 우리는 곧바로 밴쿠버로 뱃머리를 돌려 남쪽 바다를 향해 천천히 흘러간다. 수백 미터 거리에서 이스터 섬,

2 대서양과 지중해를 잇는 지브롤터 해협의 거대한 바위들을 '헤라클레스의 기둥'이라고 한다. 헤라클레스가 모험을 떠나는데 지중해를 빠져나가는 길목이 커다란 바위들로 막혀있었다. 그가 이 바위들을 찢어 길을 만들고는 찢긴 바위들을 양쪽으로 던져 지중해를 지키게 했다고 하여 붙여진 이름이다. 헤라클레스는 모험 중에 지중해에 면한 리비아에서 레슬링의 명수인 안타이오스 왕을 만나 대결한 끝에 그를 죽인다.

황폐의 섬[3], 헤브리디스 제도가 대열을 이루어 우리 앞을 행군한다. 어느 아침, 갈매기들이 별안간 자취를 감추었다. 우리는 이제 모든 뭍에서 멀어진 채, 배의 돛과 엔진과 함께 홀로 남았다.

수평선도 외로이 우리와 남았다. 보이지 않는 동쪽에서 파도가 하나하나, 끈질기게 밀려와 우리에게 닿은 뒤 미지의 서쪽으로 다시 하나하나, 끈질기게 떠밀려 간다. 결코 시작되지도, 끝나지도 않을 기나긴 흐름…… 시냇물과 강물은 지나가지만, 바다는 지나가고 머문다. 바로 그처럼 순간적이면서도 충실하게, 사랑해야 하리라. 나는 바다와 결혼한다.

만조의 시간. 태양이 내려와 수평선 훨씬 앞에서 안개에 빨려 들어간다. 아주 잠깐 동안 바다가 한쪽은 장밋빛을, 다른 쪽은 푸른빛을 띤다. 이윽고 물빛이 짙어진다. 작은 스쿠너 한 척이 두껍고 빛바랜 철판 같은 바다에서 완벽한 원을 그리며 미끄러진다. 저녁이 가까워오는 가장 평온한 시간, 수백 마리의 돌고래들이 물속에서 솟구쳐 우리 주위에서 빙빙 돌더니 사람이 없는 수평선 쪽으로 달아난다. 돌고래들이 떠나고 나자, 곧바로 감도는 원초적 바다의 침묵과 불안.

다시 얼마가 지나자 회귀선에서 빙산을 만난다. 아마 따뜻한 물속에서 오래도록 떠다녔으니 눈에는 안 보여도 효력은 남은 듯하다. 빙산이 우현을 스쳐 지나가면 밧줄은 순식간에 서리로 뒤덮이는데, 좌현에서는 건조한 한나절이 저물어 간다.

---

3 '케르겔렌 제도'를 이르는 말로 지구상에서 가장 고립된 프랑스령 군도. 장 그르니에의 『섬』에 언급된다.

밤은 바다 위로 떨어지지 않는다. 오히려 이미 바닷물에 잠긴 태양의 두터운 재로 점점 검게 변하는 바다 깊은 곳에서, 밤은 아직 파리한 하늘을 향하여 올라간다. 아주 잠깐 동안, 금성이 검은 물결 위에 외로이 남는다. 눈 한 번 깜빡이는 사이에 이 액체의 밤 속에 별들이 넘쳐흐른다.

달이 솟았다. 달은 우선 해수면을 어렴풋이 비추고는 더 높이 올라가 부드러운 물 위에 글을 쓴다. 마침내 중천에 이른 달이 바다의 통로 전체를 환히 비추며, 하늘에 흐드러진 은하수가 배의 움직임과 더불어 캄캄한 대양 속의 우리를 향해 무한히 흘러내린다. 이것이 바로 내가 요란한 빛과 알코올과 욕망의 소용돌이 속에서 간절히 불렀던 충실한 밤, 신선한 밤이다.

우리는 지나치게 넓어 도무지 끝에 이르지 못할 것 같은 공간을 향해한다. 태양과 달이 똑같은 빛과 어둠의 흐름에 따라, 번갈아 뜨고 진다. 바다 위의 나날은 모두가 비슷하다, 마치 행복처럼……

스티븐슨[4]이 말한, 망각에도 소질이 없고 추억에도 소질이 없는 이 삶.

새벽. 우리가 북회귀선을 수직으로 가르며 지나가자, 바다가 신음

---

4 『보물섬』, 『지킬 박사와 하이드씨』를 쓴 영국 소설가 로버트 루이스 스티븐슨

을 흘리며 경련을 일으킨다. 반짝이는 강철 조각으로 가득한 거친 물결의 바다 위로 해가 솟아오른다. 하늘은 안개와 열기로 하얗고, 시들거리지만 견디기 어려운 광채가 어려 있다. 마치 태양이 하늘 전역에 펼쳐진 두터운 구름 속에 용해된 듯하다고 할까. 갈라진 바다 위의 병든 하늘. 시간이 흘러감에 따라 납빛 대기 속 열기는 높아져 간다. 뱃머리에는 하루 온종일, 파도의 덤불숲에서 뛰쳐나온 날치들의 구름 떼와 강철 조각을 입어 번쩍이는 작은 새들이 날아다닌다.

오후에 우리는 도시들 쪽으로 거슬러 올라가는 여객선 한 척과 마주친다. 선사시대 동물의 포효 같은 사이렌을 세 번 울려 교환하는 인사, 바다에서 넋을 놓았다가 다른 사람들의 존재에 환기된 승객들의 손짓, 점차로 벌어지는 두 선박 간의 거리, 심술궂은 물 위의 작별, 그 모든 것에 가슴이 옥죄어든다. 표류하는 섬들을 찾아서 널판자에 매달려 망망대해의 거친 파도에 던져진 이 집요한 광인들, 고독과 바다를 사랑하는 누군들 그들을 사랑하지 않을 수 있겠는가?

대서양 한가운데서 우리는 양 극단 사이로 부는 사나운 바람에 몸을 굽힌다. 우리가 질러대는 비명이 망망대해의 한정 없는 공간 속으로 날아가 사라진다. 하지만 그 비명은 하루하루 바람에 실려 간 끝에 마침내 육지의 평평한 끝에 닿아, 어딘가의 얼음집 속에서 웅크리고 있던 사람이 그 소리를 듣고서 반가움에 빙긋 웃을 때까지, 빙벽들 속에서 오래도록 메아리칠 것이다.

오후 2시의 태양 아래서 졸던 나는 끔찍한 소리에 깨어났다. 바다 깊은 곳에서 태양이 보였고, 출렁이는 하늘에서 파도가 퍼져나갔다. 돌연 바다가 불타오르며 내 목구멍으로 태양이 천천히, 한 모금씩 싸늘하게 흘러들었다. 내 주위의 선원들이 웃고 울었다. 그들은 서로 사랑했으나, 서로를 용서할 수 없었다. 그날, 나는 세계의 실상을 알게 되었고, 세계의 선이 해로울 수 있는 동시에 세계의 악이 이로울 수 있다는 것을 받아들이기로 결심했다. 그날, 나는 두 가지 진실이 있고, 그중 한 가지는 절대로 발설해선 안 된다는 것을 깨달았다.

한쪽이 다소 깎여 들어간 남반구의 기이한 달이 며칠 동안 우리를 따라다니더니 하늘에서 빠르게 미끄러져 내려오고, 바닷물이 그 달을 삼킨다. 이제 남은 건 남십자성, 드문 별들, 성근 대기다. 동시에 바람이 완전히 멎는다. 하늘은 부동의 돛대 위에서 굴러가고 요동친다. 시동을 끄고 돛도 내린 뒤, 우리가 뜨거운 밤 속에서 휘파람을 부는 동안 바닷물이 배의 옆구리를 다정하게 때린다. 어떤 명령도 없고, 기계들도 조용하다. 사실 왜 항해를 이어가고, 왜 돌아오는가? 우리는 충족되었고, 조용한 광기가 우리를 사정없이 잠재운다. 그렇게 모든 것이 완성된 날이 온다. 이제 지칠 때까지 헤엄치는 사람들처럼 흘러가게 내버려 두어야 한다. 무엇을 이룬단 말인가? 오래전부터 나는 그것을 나에게 말하지 않았다. 오, 씁쓸한 침대여, 왕의 잠자리여, 왕관은 바다 속 깊은 곳에 있도다!

아침에 우리 배의 스크루가 미지근한 물에서 천천히 거품을 일으킨다. 우리는 다시 속력을 낸다. 정오 무렵, 먼 대륙들에서 흘러온 사슴 떼가 우리를 지나쳐 북쪽으로 꾸준히 헤엄쳐 간다. 그 뒤를 각양각색의 새들이 따르며 이따금 사슴뿔의 숲에서 휴식한다. 도란대는 그 숲이 점차 수평선 너머로 사라진다. 잠시 후 바다가 기이한 노란 꽃들로 덮인다. 저녁 무렵, 보이지 않는 노래가 오랜 시간 동안 우리를 앞선다. 나는 익숙한 잠에 빠져든다.

모든 돛들이 상쾌한 미풍에 내맡겨지고, 우리는 맑고 활기찬 바다 위를 달린다. 속력이 최고조에 이를 때 키의 손잡이를 좌현에 둔다. 날이 저물 무렵, 항로를 바로 잡기 위해서 돛이 바다에 스치도록 배를 우현으로 기울이고는 남방 대륙을 따라 전속력으로 달린다. 나는 전에 비행기라는 야만적인 관을 타고서 두 눈을 질끈 감은 채 이 대륙의 상공을 날아본 터라 그곳을 바로 알아보았다. 그때 나는 게으른 왕이었고, 내가 탄 수레는 마지못해 굴러갔다. 나는 결코 가닿지 못한 채 바다를 기다렸다. 울부짖는 괴물이 페루의 조분석에서 이륙하여 태평양의 해변 위로 돌진하더니, 이윽고 안데스 산맥의 골절된 하얀 척추를 지나 파리 떼로 뒤덮인 아르헨티나의 광활한 평원 위를 날았다. 그러고는 단 한 번의 날갯짓으로 우유가 넘쳐나는 우루과이의 목장들에서 베네수엘라의 검은 강에 이르러 착륙했다. 괴물은 다시 울부짖었고, 새로이 삼켜버릴 공간을 앞에 두고서 탐욕으로 몸을 떨었다. 그 모든 과정에서 앞으로 나아가지 않거나, 나아가더라도 적어도 사납고 요지부동이며 중독적인 힘으로 고집스럽게 덜덜거리면서 느릿느릿 나아가기를 그치지 않았다. 나는 철제 감방에서 죽어가며, 정신이 몽롱한 채로 대학살과 난잡한 대향연을 떠올렸다. 공간 없이는, 순수도 자유도 없다! 숨 쉴 수 없는 사람에게 감옥이란 죽음이거나 광기다. 죽이고 소유하는 것 외에 거기서 무얼 한단 말인가? 오늘 나는 목구멍이 숨결로 가득하고, 우리의 모든 날개는 푸른 하늘에서 퍼덕인다. 나는 속력을 내라고 소리칠 것이고, 우리는 육분의와 나침반을 바다에 던져버린다.

위압적인 바람 아래 우리의 돛은 강철이다. 해안이 우리 눈앞에서 전속력으로 떠다니고, 아름다운 코코넛 숲은 에메랄드빛 석호에 발을 적신다. 고요한 만은 빨간 돛단배들로 가득하고 모래사장은 달빛이다. 커다란 빌딩들이 불쑥 모습을 드러내지만 뒷마당에서 시작된 원시림에 눌려 이미 금이 가 있다. 여기저기서 노란 열대 식물이나 보라색 나뭇가지들이 창문을 깨뜨리고, 끝내 리우데자네이루가 우리 뒤에서 무너진다. 이 새로운 폐허를 식물들이 뒤덮을 것이고 이곳에서 치주카의 원숭이들이 낄낄거리는 소리가 터져 나올 것이다. 파도가 모래다발로 분출하는 광활한 해안들을 좀 더 빠르게 지나친다. 그보다 더 빠르게 우루과이 양 떼가 바다로 들어가고 그 즉시 바다가 노랗게 물든다. 아르헨티나 해안에서는 되는대로 쌓아올린 장작더미 위에서 천천히 구워지는 반 마리짜리 소들을 주기적으로 하늘로 들어 올린다. 밤에는 티에라델푸에고 제도의 빙하들이 몇 시간이고 선체를 두드려 대지만 우리 배는 거의 속력을 늦추지 않고 방향을 돌린다. 아침이 되자 녹색과 흰색의 차가운 거품을 부글거리는 태평양의 유일한 파도가 수천 킬로미터의 칠레 해안 권역에서 우리를 천천히 들어 올리며 침몰시킬 듯 위협한다. 조타수가 파도를 피해 케르겔렌 제도를 지나친다. 감미로운 저녁엔 첫 말레이시아 배들이 우리에게 다가온다.

"바다로! 바다로!" 유년시절 읽었던 책 속의 경이로운 소년들은 이렇게 외쳤다. 내용은 하나도 기억나지 않지만, 이 외침만은 예외다. "바다로!" 인도양을 거치며, 달구어졌다가 얼어붙는 사막의 돌들이 고요한 밤에 차례로 쩍쩍 갈라지는 소리가 들리는 홍해 대로까지, 그 외침들이 잠잠해지는 고대의 바다로 우리는 되돌아온다.

어느 아침, 우리는 기이한 침묵으로 가득하고 고정된 돛들이 항로 표지처럼 늘어선 만에 마침내 기항한다. 오직 몇 마리 바닷새들만이 하늘에서 갈대 조각을 두고 다툰다. 우리는 헤엄을 쳐서 인적 없는 해변에 이른다. 물에 들어갔다가 나와 모래사장에서 몸을 말리기를 하루 온종일 반복한다. 저녁이 되자 초록빛으로 물들며 물러나는 하늘 아래, 이미 고요했던 바다가 더욱더 평온해진다. 짧은 파도가 미지근한 모래톱으로 거품의 김을 내뿜는다. 바닷새들이 사라졌다. 부동의 여행에 바쳐진 오직 한 공간만이 남는다.

부드러움이 연장되는 어느 밤에는, 그렇다, 우리가 죽은 뒤에도 그 밤들이 땅과 바다로 다시 돌아오리라는 걸 아는 것은 죽는 데 도움이 된다. 늘 파도에 갈아엎어지고 늘 순결한 대양이여, 밤과 동등한 나의 종교여! 바다는 우리를 씻기고, 불모의 밭고랑에서 우리를 포식하게 하며, 우리를 해방시키고, 우리를 꼿꼿이 서게 한다. 파도 하나하나는 늘 똑같은 약속이다. 파도가 무엇을 말하는가? 만일 내가 가족들에게 부정당한 채 차가운 산에 둘러싸여 세상이 모르게, 마지막 힘이 다하여 끝끝내 죽어야 한다면, 그 마지막 순간에 바다가 내 감방을 채우고 나를 넘어서 나를 떠받쳐 증오 없이 죽도록 도울 것이다.

자정, 해변에 홀로 있다. 조금 더 기다린다. 그리고 떠날 것이다. 바로 이 시간, 전 세계에서 불빛들로 반짝이는 저 여객선들이 항구에 멈춰 검은 물을 비추고 있는 것처럼, 하늘 자체도 모든 별들과 함께 멈춰있다. 공간과 침묵은 똑같은 무게로 가슴을 누른다. 갑작스러운 사랑, 위대한 작품, 결정적인 행동, 빛나는 사상은 어느 순간 저항할 수 없는 매혹과 함께 견딜 수 없는 불안을 안겨준다. 존재의 달콤한 번민, 우리가 이름을 모르는 위험의 감미로운 임박, 그렇다면 사는 것은 파멸을 향해 달려가는 것일까? 다시 한번, 쉼 없이, 우리의 파멸을 향해 달려가자.

나는 늘 먼 바다에서 위협받으며, 고귀한 행복 한가운데서 사는 기분이었다.

(1953)

옮긴이의 말

『결혼·여름』은 차례로 1938년과 1954년에 출간된 『결혼』과 『여름』을 통합한 에세이 모음이다. 『결혼』은 1936~1937년, 『여름』은 1939~1953년에, 그러니까 알베르 카뮈가 20대 중반에서 마흔 살이 될 때까지 집필되었다. 카뮈의 출생지이며 '영원한 조국'인 알제리에 대한 애정과 그 자연에 대한 열광, 카뮈 사상의 핵심인 부조리와 반항의 출발 및 완성 과정이 육성으로 들리는 듯한 자전적 기록이면서, 당시의 다양한 언론 매체들을 위해 작성된 칼럼들인 만큼 시의적이다. 자전적이고 시의적이긴 하나 이 에세이는 또한 빼어난 고전들이 그러하듯, 놀라우리만치 객관적이고 현대적이다. 카뮈는 말한다.

"예술가는 무엇보다 타인들이나 자신이 속한 시대, 혹은 익숙한 신화들에 관심이 있다는 사실을 절대 배제하지 말아야 한다. 간혹 작가가 무대에 선다 해도, 그가 자연인으로서의 자신에 대해 이야기하는 경우는 예외적이라고 생각해야 한다. 한 인간의 작품들은 대체로 그가 느끼는 향수나 유혹의 역사를 되짚는 것이지, 실제 자신의 이야기인 경우는 거의 없다. 특히 자전적임을 내세우는 이야기일 때는 더더욱 그러하다. (……) 나는 최대한 객관적인 작가가 되고 싶다. 내게 객관적인 작가란 절대 자신을 글감으로 삼지 않고서 주제들을 정하는 작가다."

무엇보다 이례적으로 시적 정취가 풍부한 문체 덕분에 『결혼·여름』은 시처럼 아름답기 그지없다(심지어 마지막 에세이 <가장 가까운 바다>는 산문시로 보아도 무방할 정도다). 그렇게 시와 사상, 예술과 철학이 완벽하게 결합된 드문 에세이가 우리에게 닿았다.

『결혼』은 <티파사에서의 결혼>, <제밀라의 바람>, <알제의 여름>, <사막>으로 구성되었다. 피렌체가 배경인 <사막>을 제외하고는, 알제리가 배경이다. 알제리의 아름다운 자연 앞에서 청년 카뮈는 감각적 기쁨을 찬양한다("청춘의 특징은 어쩌면 손쉬운 행복을 누리는 그 탁월한 자질에 있을지도 모른다"). 자연과 "결혼"하고, "은빛 갑옷을 두른" 지중해의 바다와 "본연의 색으로 푸르른" 하늘과 폐허의 "돌무더기에 세차게 부서져 내리는" 태양 아래, "하늘의 첫 미소와 같은" 이탈리아의 풍경 아래, 카뮈는 인간의 "사랑과 돌의 아름다운 외침 없이는 모든 것이 부질없다는 것"과 "세계는 아름답고, 세계를 떠나서는 구원이란 없다"는 것을 확신한다.

"각종 향기와 태양의 소용돌이에서 빠져나와 이제는 선선해진 저녁 공기 속에서, 정신은 차분해졌고 이완된 몸은 충족된 사랑에서 비롯된 내면의 침묵을 음미하고 있었다.

가슴에 기이한 기쁨이 밀려들었다. 고요한 정신에서 비롯되는 바로 그 기쁨이. (……) 나는 내 배역을 훌륭히 수행했다. 인간이라는 내 직업을 완수했다. 내게는 하루 온종일 기쁨을 누린 것이 특별한 성취라기보다는, 어떤 경우엔 행복해야 할 의무가 부과된 우리 인간

조건의 감동적인 완수로 여겨졌다. 이후엔 고독이 찾아들었으나, 이번엔 만족감 속의 고독이었다."

『여름』은 <미노타우로스 혹은 오랑에서 잠시 휴식>, <아몬드나무들>, <저승의 프로메테우스>, <과거 없는 도시들을 위한 간략한 여행가이드>, <헬레네의 추방>, <수수께끼>, <티파사에 돌아오다>, <가장 가까운 바다>로 구성되었다.

<미노타우로스 혹은 오랑에서 잠시 휴식>, <과거 없는 도시들을 위한 간략한 여행가이드>에서는 오랑과 알제 안내를 가장한 이 도시들에 대한 사랑이 풍성한 아이러니와 유머를 통해 고백된다.

『여름』의 에세이들이 발표된 기간 동안 카뮈는 에세이와 소설과 희곡이라는 다양한 방식을 통해서, 스스로 구분했듯이 '부조리의 시대(『이방인』(소설, 1942), 『시지프 신화』(에세이, 1942), 『칼리굴라』(희곡, 1944), 『오해』(희곡, 1944))'와 '반항의 시대(『페스트』(소설, 1947), 『계엄령』(희곡, 1948), 『정의의 사람들』(희곡, 1949), 『반항하는 인간』(에세이, 1951))'를 완성한다. 자연히 『여름』의 에세이들(<아몬드나무들>, <저승의 프로메테우스>, <헬레네의 추방>, <수수께끼>)에서도 같은 부조리와 반항이 반복적으로 탐구된다. 카뮈가 자신의 사상의 출발점으로 간주한 부조리는 "인간의 호소와 세계의 비논리적 침묵 사이의 대립에서 생겨난다"(『시지프 신화』). 거칠게 압축하는 것을 무릅쓴다면, 카뮈가 해석한 세계인 이 부조리에 대한 명징한 인식과 그 속에서 살아가는 방식이 반항이라 할 수 있겠다. "나는 진보에 찬동하기 위한 이성도 그 어떤 역사 철학도 믿지 않지만, 적어도 인간이 자

신의 운명을 인식하면서 부단히 발전해 왔다고 믿는다". 부조리를 인식하고, 그 속에서 반항하며 자기 창조를 실현하기. 그렇게 인간은 절망과 허무에 빠지지 않고 최악의 상황도 극복할 수 있는 것이다.

"(내가 가장 어두운 허무주의도 극복할 수 있었던 이유는) 어떤 빛에 본능적으로 충실했기 때문이다. 나는 그 빛 속에서 태어났고, 수천 년 전부터 인간들은 그 빛 속에서 고통스러울 때조차 삶을 찬양하는 법을 배웠다. 아이스킬로스는 많은 경우 우리를 절망시키지만, 눈부시고 따사롭다. 그의 세계의 중심에서 우리가 발견하는 것은 빈약한 무의미가 아니라 수수께끼, 다시 말해 눈부시다 못해서 판독하기 어려운 어떤 의미다. 마찬가지로 이 황량한 세기에 아직 살아있는, 자격은 없으나 그리스에 끈질기게 충실한 후손들에게 우리 역사의 불에 덴 상처는 견디기 어려울 것이나, 이해하고 싶어 하는 만큼 그들은 끝끝내 견딜 것이다. 비록 어두울지라도 우리의 작품의 중심에서는 꺼지지 않는 태양이 환한 빛을 내뿜고, 오늘 벌판과 언덕을 가로지르며 고함을 친다."

이 기간은 또한 제2차 세계대전을 통과한 시기이기도 하다. 『여름』 전반에 어른거리는 전쟁의 상흔과 이 어둠을 담담히 받아들이면서 빛도 잃지 않는 태도, 이 태도를 우리 시대에 대입하여 위안을 얻을 수도 있을 것이다.

"(나는) 유럽과 유럽의 투쟁을 도로 마주했다. (……) 우리가 사는 이 어려운 시기에 아무것도 배제하지 않는 것, 그리고 하얀 실과 검은 실로 끊어지리만치 팽팽한 동아줄을 꼬는 법을 배우는 것 외에 달리 무얼 바랄 수 있겠는가? (……) 우리가 존재하는 어느 한쪽을 포기한다면 우리 자신도 존재하기를 포기해야 한다. 다시 말해 남의 대리로 살거나 사랑할 수밖에 없는 것이다. 삶의 어느 것도 거부하지 않고서 살아가려는 의지야말로 내가 세상에서 가장 추앙하는 미덕이다. (……) 우리 시대만큼 최선과 최악을 동등하게 받아들일 것이 요구되는 시대도 없기에, 나는 아무것도 피하지 않고서 이중의 기억을 정확하게 간직하고 싶다. 그렇다, 아름다움이 있고, 모욕당하는 사람들이 있다. 아무리 어려운 임무일지라도 나는 결코 어느 한 쪽도 배반하고 싶지 않다."

"아름다움이 있고, 모욕당하는 사람들이 있다"!

『결혼·여름』 인용으로 점철된 이 글을 마치며 카뮈의 에세이를 소개하기 위해서는 그의 언어들을 고스란히 인용하는 것 외에는 달리 방법이 없음을 깨닫는다. 아름다움으로 우리를 자극하고, 성찰로 우리에게 질문을 던지는 이 에세이를 온전히 느끼기 위해서는 직접 읽고 또 읽을 수밖에 없다는 것을. 이제 "카프카의 모든 예술은 독자에게 다시 읽게 만드는 것"이라는 카뮈의 말을 그에게 그대로 되돌린다.

알베르 카뮈 (ALBERT CAMUS, 1913~1960) 연보

1913

1913년 11월 7일 알제리의 몽도비에서 프랑스계 알제리 이민자로 태어나다. 아버지 뤼시앵 카뮈는 1914년 제1차 세계대전 중 사망했다. 그의 어머니 카트린 엘렌 생테스는 스페인 사람으로 문맹이며 귀가 잘 들리지 않았다. 소년 카뮈는 외할머니, 어머니, 형 그리고 두 명의 외삼촌들과 벨쿠르에 있는 집에서 살았다. 집안 형편은 매우 좋지 못했다.

카뮈가 태어난 알제의 풍경

1918 초등학교 입학, 재학 시, 루이 제르맹 선생에게 각별한 격려를 받음. 후에 카뮈는 노벨상 수상 연설집을 그에게 헌정함.

1923 집안의 반대가 있었으나, 제르맹 선생의 도움으로 프랑스의 중등학교에 시험을 통해 장학생으로 입학하다.

1930 평생의 스승인 장 그르니에를 만난다. 폐결핵으로 학교 중퇴. 요양에 적합하지 않은 집을 떠나, 귀스타브 이모부네 집에서 기거하며 고전들을 탐독.

1932 잡지 「쉬드 Sud」에 4편의 글을 발표.

1932 히틀러가 권력을 장악하여, 카뮈는 암스테르담 - 플레이엘 반파쇼 운동에 가입하여 투쟁함.

1934 스물 한 살 되던 해 시몬 이에와 결혼. 그러나 시몬의 모르핀 중독으로 인해 2년 후 별

거에 들어감. 장 그르니에의 권유로 공산당 가입.

1935 첫 에세이 『안과 겉』 집필을 시작하고, 알제 대학에서 철학 공부 시작. 재학 중에도 각종 임시직을 전전하였으며 가정교사, 자동차 수리공, 기상청 인턴과 같은 잡다한 일을 하였다. 아마추어 극단과 '노동자의 극장' 설립을 주재. 당시 축구팀 골키퍼를 할 정도로 운동을 좋아했다.

1936 졸업 논문으로 학사 학위 받음. '세계 앞의 집'에서 여자친구들과 공동체 생활.

청년 시절의 카뮈

1937

『안과 겉』 출간. 건강상의 이유로 철학교수 자격 시험 응시를 대학으로부터 거부당함. 두 번째 아내가 될 수학자이자 피아니스트인 프랑신 포르를 만나 오랑을 자주 방문함. 요양을 위한 여행 중 에세이 『결혼』 집필. 알제리를 떠나 프랑스로 이주를 계획.

1938 파스칼 피아가 주도하는 좌익잡지 「알제 레퓌블리캥 Alger-Republicain」에서 기자로 활동. 희곡 『칼리굴라』 집필 시작. 첫 소설 『이방인』 집필을 위한 자료 수집을 시작.

1939

5월 에세이 『결혼』 출간. 9월 3일 제2차 세계대전이 발발하고 참전을 신청했지만 폐결핵 병력으로 프랑스 군대입대를 거절당했다.
에세이 『여름』에 실린 글들을 이때부터 쓰기 시작했는데, 카뮈는 그 해 자신의 인생에서 일어난 중요한 일들을 기억하며, 짧은 글들을 써 나갔다. 이 해에는 오랑 여행을 했으며, 『여름』 중 <미노타우로스 혹은 오랑에서 잠시 휴식>씀.

1940 시몬 이에와 이혼. 이 시기에 『이방인』을 탈고한다. 스물여섯 되던 해 프랑신 포르와 오랑에서 두 번째 결혼. 파스칼 피아의 추천으로 「파리 수아르 Paris-Soir」 잡지에서 기자로 일하기 시작했으나, 해고되어 실업자가 됨.
철학서 『시지프 신화』 전반부 집필.

기자 시절의 카뮈

이방인 초판

1939년 발발한 제2차 세계대전을 생각하며, 『여름』 중 <아몬드 나무들>씀.

1941 11월 15일 파리에서 독일육군이 저지른 가브리엘 페리의 처형을 목격하고 독일에 대한 저항을 결심. 『시지프 신화』 탈고. 소설 『페스트』구상을 시작.

1942

폐결핵 재발하여 오랑으로 돌아가 요양.
7월, 『이방인』 출간.

1943 『시지프 신화』 출간. 제2차 세계 대전 기간 동안 레지스탕스 조직 콩바 Combat에 가담, 편집자가 되어 전시 상황을 보도.
장폴 사르트르와 교제가 시작됨. 전쟁 이후 카뮈는 사르트르와 함께 생제르맹 데프레 가에 있는 카페 드 플로르 Cafe de Flore를 자주 찾기 시작했다. 평생의 연인이 된 배우 마리아 카사레스를 이 시기에 처음 만남.
갈리마르 출판사의 고문직을 맡음.

1944 희곡 『오해』 상연. 「콩바」지를 파스칼 피아와 함께 운영.

1945 희곡 『칼리굴라』 상연, 대성공을 거둠. 연극은 첫 상연 직후 200회 넘게 연속 상연됨.

1946 『페스트』 탈고. 1939년의 그리스 여행을 가지 못했던 것을 상기하며,
『여름』 중 <저승의 프로메테우스>씀.

1947

『페스트』 출간. 독자와 평단 양쪽에서 모두 찬사를 받음. 『여름』 중 <과거 없는 도시들을 위한 간략한 여행가이드>씀.

1948 알제리 여행. 『여름』 중 <헬레네의 추방>씀.
희곡 『계엄령』 상연.

1949 여름 남미 여행을 하며 <가장 가까운 바다(항해일지)> 일부를 작성함. 이후 폐결핵이 재발하여 2년간 은둔상태로 철학서 『반항하는 인간』을 집필하며 지냄.

1950 『여름』 중 <수수께끼>씀.

1951 『반항하는 인간』 발표. 프랑스에 있는 좌익 성향의 지식인 동료들은 이 책에 반발하였음.
사르트르와의 논쟁을 통하여 그와 사실상 절교.
책과 관련된 논쟁은 1년 이상 계속됨.

페스트 초판

1952 알제리 여행. 『여름』 중 <티파사로 돌아오다>씀.

1953 『여름』 중 <가장 가까운 바다(항해 일지)> 마무리.

1954

1939년부터 1953년까지 쓴 글을 모아 『여름』 출간.
알제리 독립전쟁이 발발하자 여전히 어머니가 알제리에 살고 있었던 카뮈는 도덕적 딜레마에 빠짐. 그러나 그는 알제리계 프랑스인 pied-noirs의 정체성을 택하여 프랑스 정부를 옹호하였다. 카뮈는 알제리 자치권을 인정하거나 연방정부를 구성하면 알제리계 프랑스인과 아랍인들간의 공존이 이루어질 것이라고 믿었으며, 알제리의 완전 독립에는 부정적이었다. 전쟁 기간 동안 그는 양측 모두에게 받아들여지지 않은 정전협정을 위하여 헌신했다. 이러한 활동 뒤에 체포된 알제리인들을 구하기 위하여 비밀리에 활동하였다.

1956 소설 『전락』 출간. 알제리 여행.

1957

10월 17일 역대 두 번째 최연소로 노벨 문학상을 수상. 상금으로 프랑스의 아름다운 시골 마을인 루르마랭 Lourmarin에 집을 구입.

1959 도스토예프스키의 『악령』을 각색, 연출. 자전적 소설 『최초의 인간』 집필 시작.

1960

1월 4일, 상스 sens에서 자동차 사고로 사망. 향년 47세. 그 전날, 열차를 타고 파리로 돌아갈 예정이었으나, 사고 당일 아침에 출판인 미셸 갈리마르가 자동차를 몰고 찾아와, 열차 대신 그 차를 타는 바람에 사망함.

죽기 직전까지 거주한 루르마랭의 묘지에 안치되었음.

2009년 당시 대통령이었던 니콜라 사르코지가 파리 팡테옹으로 카뮈 유해 이장을 제안했으나 아들 장 카뮈가 아버지의 철학에 위배된다며 거절.

두 권의 사후 출판작 중 첫 번째는 『행복한 죽음』으로 1970년에 출간되었다. 두 번째 유작은 미완성의 소설로 카뮈가 죽기 직전까지 집필한 『최초의 인간』이다. 이 소설은 알제리에서의 어린 시절을 그린 자전적 작품으로 미완성 상태로 1995년에 출판되었다.

노벨 문학상을 받은 직후 행사장에서의 카뮈

루르마랭에 있는 카뮈의 무덤

옮긴이 **장소미**

숙명여자대학교 불어불문학과와 동대학원을 졸업하고, 파리3대학에서 영화문학 박사과정을 마쳤다. 옮긴 책으로 마르그리트 뒤라스의 『타키니아의 작은 말들』, 『부영사』, 『뒤라스의 말』, 프랑수아즈 사강의 『패배의 신호』, 미셸 우엘벡의 『지도와 영토』, 『복종』, 『세로토닌』, 로맹 가리의 『죽은 자들의 포도주』, 파울로 코엘료의 『히피』, 발레리 페랭의 『비올레트, 묘지지기』, 아민 말루프의 『초대받지 못한 형제들』, 에르베 기베르의 『내 삶을 구하지 못한 친구에게』, 베르나르 키리니의 『아주 특별한 컬렉션』, 필립 지앙의 『엘르』, 샤를 페로의 『거울이 된 남자』, 조제프 퐁튀스의 『라인』, 브누아 필리퐁의 『루거 총을 든 할머니』, 『포커플레이어 그녀』, 앙리 피에르 로셰의 『줄과 짐』, 『두 영국여인과 대륙』, 마르크 레비의 『그때로 다시 돌아간다면』, 『두려움보다 강한 감정』 등이 있다.

결혼 · 여름

초판 1쇄 2023년 8월 4일
초판 13쇄 2024년 8월 31일

지은이 알베르 카뮈
옮긴이 장소미
디자인 이지영
펴낸이 박소정
펴낸곳 녹색광선
이메일 camiue76@naver.com
ISBN 979-11-983753-0-8(03860)